마음 다이어트

꺼내고 버리고 가볍게 만드는

마음 다이어트

이은정 지음

21세기북스
www.book21.com

 **목차**

3장 고정관념 다이어트

4장 분노 다이어트

5장 불안 다이어트

9장 갈등 다이어트

10장 불만 다이어트

마음의 S라인을 만드는 법

행복, 사랑, 건강, 풍요 그리고 마음의 평화. 이 모든 것들은 우리가 삶에서 추구하는 것들이다. 그러나 현재를 살아가는 우리의 마음은 무겁기만 하다. 여기서 잠시 묻고 싶다. 지금 당신의 마음은 어떤 상태인가? 돌덩이가 하나 들어 있는 것처럼 무겁게 느껴지는가? 아니면 배가 고픈 것처럼 공허한가?

이 책에서 소개하는 마음 다이어트는 '마음의 운동'을 통해 가슴속의 고통스러운 무게를 덜어내고, 불필요한 부분을 흘려보내는 반면, 부족한 부분을 채워주어 마음의 균형을 맞추게 하는 것이다.

물리학이 자연세계를 객관적으로 바라보고 예측하는 것처럼, 심리학은 사람들의 행동을 객관적으로 바라보고 법칙을 발견하는 학문이다. 이처럼 남을 바라보는 시각으로 자신을 바라보면, '나'를 좀 더 잘 이해하고 변화시킬 수 있을 것 같지만, 사실 학문과 실천적인 삶은 별개의 문제이다. 마음은 머리만으로 움직여지지 않는다. 몸을 다이어트 하기 위해서 행동의 변화가 필요한 것처럼 마음 다이어트를 하기 위해서는 마음의 변화가 필요하다.

예전에 나의 마음에는 언제나 고통이 가득했다. 심리학을 연구하는 직업을 가지고 있어도 왠지 내가 원하는 것들이 멀리 있는 듯해서 우울했고, 성공하지 못할까봐 불안했다. 그러다가 고통의 끝자락에서 더 이상 이렇게 살아서는 안되겠다는 강렬한 결심을 하고 명상을 하기 시작했다. 그러면서 나는 그토록 원하던 마음의 평화에 점차 가까이 다가가는 것을 느낄 수 있었다.

그래서 이 책에는 마음 다이어트를 하기 위한 명상법과 심리학적인 방법이 같이 소개되어 있다. 심리학은 학문적인 지식을 제공해주지만, 명상은 삶 속에서 매 순간 실천할 수 있는 힘을 길러준다는 것을 알게 되었기 때문이다.

명상의 출발점은 자신을 들여다보는 것에서 시작한다. 화가 나는 일이 있을 때 다른 사람이나 상황을 바라보는 것이 아니라, 자신의 화를 바라보는 것이다. 그렇게 함으로써 자신의 마음을 다스리고, 상황에 잘 대처할 수 있는 힘을 가지게 된다. 명상은 과거의 부정적인 기억이나 습관으로부터 벗어나는 데 도움을 주며 몸과 마음을 자각하게 함으로써 마음의 고통에 빠지지 않게 한다.

이 책에서 다루고 있는 열 가지 주제는 사람들이 삶에서 보편적으로 경험하는 마음의 고통들이다. 이것들은 참거나 외면한다고 사라지는 것이 아니다. 여러 가지 심리학 이론들과 마음 다이어트를 하는 다양한 방법들이 소개된 《마음 다이어트》는 당신의 논리적인 이성을 설득하고 고통의 무게들로 버거웠던 마음을 한결 가볍고 유연하게 만들 것이다. 동시에 어떤 상황에도 흔들림 없이 문제를 해결할 수 있는 강건한 마음의 힘을 길러줄 것이다.

마음 다이어트를 하는 것은 자신의 아름다운 모습을 발견해가는 과정이다. 마음의 군더더기를 줄여 가면 당신의 빛나는 아름다움은 그 자태를 드러낸다. 걱정이나 근심이 사라지기를 바라는가? 우울증과 무기력감에서 벗어나고 싶은가? 자신이 초라하게 느껴지는가? 그렇다면 당신, 지금 당장 마음 다이어트를 시작하자.

이은정

1장
걱정 다이어트

子曰 君子는 坦蕩蕩이요 小人은 長戚戚이니라.

공자가 말했다.
"군자는 평탄히 넓고,
소인은 오래도록 근심한다."
─논어

꼬리에 꼬리를 무는 악순환

대부분 사람들의 머릿속은 걱정으로 가득 차 있다. "시험에 떨어지면 어떡하지?" "가족에게 무슨 일이 생기면 어떡하나?" "요즘 위가 더부룩한데 혹시 암에 걸린 것은 아닐까?"

지금까지의 역사를 보면 인간은 전쟁, 홍수나 지진과 같은 자연재해 그리고 왕이나 귀족으로부터의 수탈과 침해를 겪어오면서 살아가는 문제에 대해서 항상 걱정해왔다. 물론 우리가 사는 현대에도 그런 문제들이 모두 사라진 것은 아니다. 어쩌면 증가하는 범죄율, 불안정한 사회 환경이나 남들과의 경쟁에서 오는 스트레스 때문에 우리의 걱정은 더 늘어나고 있는 것만 같다. 또한 텔레비전이나 신문, 인터넷을 통해서 전 세계와 전국 곳곳에서 일어나는 '뉴스'라는 명목으로 전달받는 부정적인 사건들은 우리로 하여금 두려움과 불안에 떨게 만들고, 앞으로 자기에게도 그런 일이 일어날지도 모른다는 걱정을 하게 한다. 그런 뉴스들은 우리에게 점화 효과(먼저 제시된 자극에 의해서 떠오른 개념이 다음 정보를 해석할 때 영향을 주는 현상)로 작용하기 때문이다.

자, 그렇다면 지금 우리가 하고 있는 걱정에는 과연 가치가 있는 걸까? 어니 젤린스키는 《느리게 사는 즐거움》에서 다음과 같이 말했다.[1]

우리가 하는 걱정거리의 40퍼센트는 결코 일어나지 않을 일에 대한 것이며, 30퍼센트는 과거에 일어난 일로 지금은 어떻게 해볼 수 없는 일에 대한 것이며, 12퍼센트는 건강에 대한 불필요한 걱정이며, 10퍼센트는 사소한 일에 대한 것이다. 그런데 남은 8퍼센트 중 4퍼센트는 우리가 어떻게 할 수 없는 일에 대한 것이다.

그의 말에 의하면 96퍼센트는 불필요한 걱정이며, 단지 4퍼센트만이 그럴듯한 걱정이다. 그러면 왜 우리는 걱정에서 쉽게 벗어나지 못하는 것일까? 그 이유는 걱정은 하기 시작하면 꼬리에 꼬리를 무는 악순환의 고리를 만들기 때문이다. 즉 걱정으로 인해 긴장된 몸은 마음에 불안과 두려운 느낌을 불러일으키고, 그것은 더 많은 걱정거리를 만들고, 더욱 강하게 같은 상태를 반복시킨다. 이와 같은 걱정은 몸과 마음의 에너지 모두를 떨어뜨린다.

왜 저 사람은 걱정이 많을까?

주위를 둘러보면 유난히 걱정을 많이 하는 사람이 있다. 흔히 그런 사람들을 소심하거나 부정적인 사고를 많이 하는 유형이라고 판단하기 쉽지만, 그들의 성장 과정을 이해하면 다른 시각으로 바라볼 수도 있다.

미국의 심리학자 반두라는 사람들의 행동은 타고난 기질과 환경 간의 상호작용에 의해서 결정되는데, 직접적인 경험을 통한 학습뿐만 아니라, 다른 사람의 행동을 보고 배우는 관찰 학습 또한 행동이 형성되는 데 중요한 역할을 한다고 보았다.[2]

부모는 우리에게 유전인자를 물려주고 가정환경을 제공해준다. 때문에 우리는 원하건 원하지 않건 간에 부모의 영향을 받을 수밖에 없다. 그의 이론에 따르면 걱정을 많이 하는 부모를 보면서 자란 아이는 부모를 '동일시'하면서 걱정을 모방하게 된다. 다시 말해 걱정을 많이 하는 부모 밑에는 걱정이 많은 아이가 있을 확률이 높다.

걱정이 많은 사람의 또 다른 이유는 어린시절 부모와의 관계에서 형성하는 감정적인 유대인 '애착'을 불안정하게 형성했기 때문이다. 아동정신분석학자인 볼비는 사람들이 건강하게 자라는 데 애착은 중요한 영향을 미치는데, 부모로부터 충분한 관심과 사랑을 받은 아이는 안정된 애착을 형성하지만, 그렇지 못한 아이는 불안정한 애착을 형성한다고 했다.[3] 이런 사람들은 안정된 애착을 형성한 사람들보다 타인에게 더 의존적이다. 또 동일한 상황에 처해있을 때도 더 많은 걱정을 하게 된다.

누구나 어린 시절에 경험한 상처가 있을지 모른다. 그 이유는 현재 우리가 그러한 것처럼 우리의 부모도 완벽하지 않기 때문이다. 자신도 모르게 현재까지 영향을 주는 어릴 적 상처를 치유하기 위해서는 스스로를 들여다보면서 상처를 녹이거나 전문가의 도움을 받아 해결해야 한다.

자신이 하는 걱정의 근원이 어디에서 비롯되는지 모르는 사람들은 그 미로에 갇혀 빠져나올 수 없다. 걱정을 다루고자 하는 사람들은 자신이 무엇을 두려워하는지, 그리고 왜 걱정하는지 스스로에게 물어볼 필요가 있다. 두려움 때문이라면 극복하는 방법을 찾아야 하고, 어린 시절의 상처 때문이라면 그것을 치유해야 한다. 여기서 중요한 점은 지금 이 순간만큼은 스스로 삶의 방향을 선택할 수 있다는 것을 아는 것이다.

불확실한 것을 못 견디는 나

걱정을 많이 하는 사람들은 어떠한 심리적 특성을 가지고 있을까?

그들은 항상 아직 펼치지 않은 그림책을 들고 전전긍긍하는 것과 같은 태도를 보인다. 이것을 '불확실성에 대한 인내 부족'이라고 하는데, 이것은 실제로 그 사건이 일어나는 것과는 상관없이 자신의 삶에 부정적인 사건이 일어날 수 있다는 사실을 받아들이지 못하는 성향을 말한다.[4] 이러한 사람들은 알 수 없는 미래 때문에 현재 경험하게 되는 애매모호함과 불확실성을 잘 견디지 못한다. 따라서 직장생활에 필요한 창의적인 생각도 잘 할 수 없다.

스턴버그와 루바트는 창의성이 높은 성격들의 특성은 혁신적인 사고방식, 기꺼이 위험을 감수하려는 태도, 독립적인 판단을 할 수 있는 용기, 그리고 애매모호함과 불확실성에 대한 인내라고 했다.[5] 마찬가지로 여러 학자들이 성공한 사람이 지니는 특성 중 하나를 '불확실성에 대한 인내'로 본다. 이러한 성격이 강한 사람들은 미래를 두려워하지 않는다. 그들은 불확실한 미래를 하나의 도전으로 보며 그 도전을 즐긴다. 여기서 재미있는 것은 걱정을 많이 하는 사람들 또한 그들 나름대로 걱정이 문제를 해결하는 데 도움이 된다는 신념을 가지고 있다는 사실이다. 그렇다면 과연 그런 신념이 문제를 해결하는 데 도움이 될까? 연구자들은 사람들이 걱정에 대해서 가지고 있는 신념들을 요인 분석한 후 그것들과 정신병리 간의 관계를 연구했다.[6]

결과는 사람들의 일반적인 예상과는 다르게 나왔다. 연구 결과 걱정에 대한 부정적인 신념과 긍정적인 신념 둘 다를 가지고 있는 사람들이 부정적인 신념만을 가지고 있는 사람보다 다양한 정신병리 측정에서 더 높은 점수를 보인 것으로 나타났다. 이것은 걱정하는 사람들이 처음에는 생산적인 욕구에서 출발하지만 비생산적인 과정으로 빠져 버리게 되는 것을 뜻한다. 다시 말해 걱정에 빠지는 사람들은 문제를 해결하기 위한 효과적인 방법을 제대로 찾지 못하고 걱정의 무게에 매몰되는 것이다.

우리가 걱정을 한다고 해서 주식이 오르거나 시험에 합격하는 것은 아니다. 이 경우 먼저 '걱정하는 것'과 '문제를 해결하는 것'이 서로 다른 과정이라는 것을 명확하게 해 둘 필요가 있다.

마음이 고요해지는 집중명상

지난해 미국 경제주간지 〈비즈니스 위크〉지에서 "스트레스가 업무 효율을 떨어뜨리는 주범이란 인식이 퍼지면서 명상을 회사 구성원들의 사기를 끌어올리는 프로그램으로 채택하는 기업이 늘고 있다"는 기사가 보도됐다. 우리에게도 널리 알려진 야후, 구글, 애플 컴퓨터 등이 명상을 사내교육 프로그램으로 도입하고 있다.

명상을 활용하는 방식은 회사마다 다르다. AOL-타임워너는 인원을 줄인 뒤 남아 있는 사람들의 업무 부담이 늘어나자, 이에 대한 보상 차원에서 명상 강의를 시작했다. 제약회사인 아스트라제

네카는 긴 회의가 있는 날에는 중간에 쉬는 시간에 명상 강의를 끼워 넣어 회의 효율을 높이고 있다.

미국 기업들이 명상을 경영에 적극 도입하는 것은 직원 스트레스 관리가 생산성을 끌어올리는 등 이익이 되기 때문이다. 〈비즈니스 위크〉지는 "명상을 한 뒤 종업원들의 의사결정 능력이 향상되고 조직 안 의사소통이 매끄러워지는 효과를 봤다고 말하는 경영자들이 많다"고 전했다.[7]

최근 해외뿐만 아니라 국내에서도 '직원 지원 프로그램'을 도입하면서, 스트레스 관리를 위한 상담이나 코칭을 활용하는 기업들이 늘어나고 있다. 명상은 고요하고 평화로운 마음을 길러주기 때문에, 스트레스를 관리하고 마음의 여러 문제들을 다루는 데 효과적이다.

명상의 강점은 다른 사람의 도움 없이 혼자서도 할 수 있으며, 시간과 장소의 구애를 받지 않는다는 점이다. 앞으로 국내에서도 기업경영에 명상을 활용하는 회사들이 점차 늘어갈 것이라고 본다.

명상은 몸과 마음에 긍정적인 영향을 미친다는 연구 결과들이 많이 나와 있다. 그 중 하나는 연구자들이 7주 동안 암 외래환자를 대상으로 명상을 하게 한 실험이다.[8] 그들은 실험하기 전과 후, 그리고 6개월이 지난 후 암 외래환자들의 기분과 스트레스 증상에 변화가 있는지를 측정했다. 연구 결과, 암 외래환자들은 명상을 하기 전에 비해서 7주가 지난 후에 '기분장애'와 스트레스 증상을 덜 경험하며, 이 효과는 6개월이 지나서도 지속되는 것으로 나타났다.

걱정을 많이 하는 사람들은 에너지를 주로 걱정하는 데 사용하기 때문에 두통이나 무기력감을 호소하기도 한다. 그리고 마음이 온통 걱정으로 가득 차 있기 때문에 현재 하고 있는 일에도 몰두하기 힘들다.

아무리 생각해도 문제가 해결되지 않고, 자신의 에너지를 소진시키는 느낌이 든다면, 지금 당장 걱정 다이어트를 시작해보자. 아래의 명상법들과 심리적인 방법들은 걱정의 무게를 가볍게 해줄 것이다.

명상을 하는 방법은 크게 집중명상과 지혜명상으로 나눌 수 있다. 다른 말로 전자를 '사마타' 후자를 '위빠사나'라고 한다. 집중명상은 의식을 한곳에 집중해서 마음을 고요하게 유지하는 방법이고, 지혜명상은 몸과 마음의 변화를 알아차림으로써 무상(無常)과 무아(無我)의 지혜를 깨닫게 하는 방법이다.

처음 집중명상을 할 때는 편안한 옷을 입고 조용한 장소에서 시작한다. 눈을 감고 다리를 가부좌한 후 척추를 곧바로 세운다. 편안하게 호흡하면서, 들숨과 날숨을 느껴본다.

사람들의 몸에 있는 일곱 개의 에너지 통로를 '차크라'라고 한다. 의식의 초점은 숨이 들어오고 나가는 코끝이나 가슴 차크라(양 가슴의 중간에 위치한 곳) 혹은 단전 차크라(배꼽에서 3센티미터쯤 아래에 위치한 곳)에 두는 것이 좋다.

명상을 처음 하는 사람이라면 의식을 코끝에 두고 시작해본다. 생각이 떠오르면 그 생각을 따라가지 않고 가만히 내려두고, 다시 의식의 초점을 코끝에 두면서 숨을 들이쉬고 내쉬면서 마음을 집중한다.

의식을 집중하는 것이 잘 되지 않으면, '수식관(數息觀)'을 하는 것이 도움이 된다. 수식관은 숨을 들이쉬고 내쉴 때 숫자를 세면서 의식을 집중하는 방법이다. 숨을 들이쉬면서 "하나", 숨을 내쉬면서 "둘", 다시 숨을 들이쉬면서 "셋", 숨을 내쉬면서 "넷"과 같은 방식으로 열까지 세는 것이다. "열"까지 세고 나면 다시 "하나"부터 시작한다. 중간에 숫자를 얼마나 세었는지 잊어버렸을 경우에는 "하나"부터 다시 시작한다.

또 다른 방법은 만트라(영적인 능력을 가진다고 생각되는 말)를 마음속으로 외우는 것이다. 숨을 들이쉬고 내쉴 때마다 만트라를 반복해서 외운다. 대표적인 만트라는 "옴 마니 반메 훔"이다. 이 만트라의 뜻은 "옴, 연꽃 속에 있는 보석이여, 훔"이라고 한다. 자신이 좋아하거나 추구하는 상태를 외워도 좋다. 예를 들어, 숨을 들이쉬면서 "사랑", 내쉬면서 "평화"라고 하거나, 숨을 들이쉬면서 "행복", 내쉬면서 "자비"라고 한다.

시간이 부족한 아침에는 잠자리에 일어나서 5분이나 10분 정도 짧은 집중명상을 한다. 아침에 하는 명상은 고요하고 평화로운 마음을 길러주는 마음의 비타민과 같다. 밤에 잠들기 전에 집중명상을 하면, 몸과 마음을 정화(淨化)할 수 있다.

사무실에서 해야 할 일들이 산적해서 머릿속이 걱정으로 가득할 때 눈을 감고 5분 정도 집중명상을 한다. 잠시라도 집중명상을 하면, 마음이 고요해지고 안정이 된다. 그러면 일의 우선순위를 쉽게 정할 수 있고, 의사결정을 명확하고 효율적으로 할 수 있다.

걱정을 통제하는 지혜명상

심리학자들은 사람들의 정보처리 과정을 크게 '자동과정'과 '통제과정'으로 나눈다. 자동과정은 주의를 기울이지 않고 습관적으로 정보를 처리하는 과정이며, 통제과정은 자각을 하면서 정보를 처리하는 과정이다. 자각이란 자신이 무슨 말과 행동을 하는지를 알면서 말하고 행동하는 것을 말한다.

많은 사람들이 어떤 생각과 감정이 떠오르면, 거기에 빠져서 그냥 흘러가는대로 내버려둔다. 그냥 내버려두면 머릿속에서 정보가 자동과정으로 처리된다. 사람들이 걱정에 빠져버리는 것은 걱정이 자동과정으로 처리되도록 내버려두기 때문이다.

지혜명상은 걱정을 통제과정으로 처리하게 하는 것이다. 지혜명상에서 가장 중요한 포인트는 자신이 무엇을 하고 있는지 알아차리는 것이다. 알아차릴 때는 좋다거나 나쁘다는 판단이나 분별을 하지 않고 객관적으로 있는 그대로 알아차린다.

명상자세를 한 후 숨을 들이쉬고 내쉬면서 몸의 느낌을 알아차려 본다. 코끝으로 숨이 들어오고 나갈 때 코끝의 느낌은 어떠한가? 그 미세한 느낌을 알아차려 본다. 마찬가지로 숨을 들이쉬고 내쉴 때 배의 느낌을 알아차려 본다. 숨을 들이쉴 때 배가 부풀어오르는 느낌, 숨을 내쉴 때 배가 꺼지는 느낌을 알아차려 본다.

이를 통해 일상생활에서 '알아차림의 힘'을 기른다. 밥을 먹을 때, 길을 걸을 때, 전화를 받을 때, 다른 사람과 대화를 나눌 때, 그리고 회의를 할 때 몸의 느낌, 생각과 감정을 알아차리는 연습을 한다. 걱정이 떠오를 때마다 자신이 걱정을 하고 있다는 것을 알아차린다.

때때로 사람들은 걱정을 하지 않으려고 억누르지만 잘 되지 않는 경우가 많다. 생각을 억누르는 것이 어떤 효과가 있는지 알기 위해서 웨그너는 집단을 둘로 나눈 후, 한 집단의 사람들에게는 5분간 마음속에 떠오르는 단어를 말하되 '흰곰'에 대해서는 생각하지 말라고 하고, 다른 한 집단의 사람들에게는 5분간 마음속에 떠오르는 단어를 말하되 '흰곰'에 대해서는 생각하라고 말했다.[9]

실험 결과 '흰곰'에 대해서 생각하지 말라고 한 첫 번째 집단이 두 번째 집단에 비해서 '흰곰'에 대해서 훨씬 더 많이 생각한 것으로 나타났다. 그는 이렇게 억누르는 생각이 더 많이 생각나는 현상을 '반발 효과'라고 설명했다.

마찬가지로 사람들은 걱정이 떠오를 때 걱정을 하지 말아야 되겠다는 생각을 하면서 밀어내지만, 반발 효과 때문에 잘 되지 않을 수가 있다. 그때는 억누르려고 하지 말고, 지혜명상을 한다. 걱정하는 자신이 한심하다는 판단을 하지 않고, 올라오는 걱정을 있는 그대로 알아차린다. 지금 하고 있는 일에 집중하면서 떠오르는 걱정을 내려둔 후 다시 하고 있는 일에 마음을 둔다. 그러면 당신의 관심을 받지 못한 걱정은 점차 힘을 잃어갈 것이다.

어리석은 걱정을 현명한 생각으로 바꾸기

《행복한 멈춤》의 작가 존 하린차란은 문제를 해결하기 위한 세 가지 단계를 다음과 같이 말했다.[10] 첫 번째는 문제로부터 자신을 분리시키기, 두 번째는 문제가 해결되었을 때의 기분을 느껴 보기, 세 번째는 감사하고 또 감사하기.

그는 2007년 여름 인천공항의 한 식당에서 '작가와의 대화'를 가졌는데, 그때 이와 관련하여 사람들이 스스로 끌어당기는 에너지 파장이 얼마나 중요한가에 대해서 강조하면서 다음과 같은 이야기를 들려주었다.

미국의 어느 동네에서 서로 이웃한 몇 집에 도둑이 들었다. 그런데 가까운 거리에 있는 집 중 유일하게 도둑이 들지 않은 집이 있었다. 왜 도둑은 그 집을 털지 않았을까?

나중에 연구자가 그 집과 다른 집의 가족들을 인터뷰하고 내린 결론은 도둑이 들었던 집 가족들이 불안해하고 두려워하는 파장을 가진 반면, 도둑이 들지 않은 집의 가족들은 매우 고요하고 평화로운 파장을 가지고 있었다는 것이다. 물론 도둑이 들었다는 사건이 각각의 가족에게 영향을 끼쳤다고도 말할 수 있다. 그러나 이후 연구자가 도둑에게 왜 그 한 집을 털지 않았는지 물어보자, 도둑은 그 집이 있는지도 몰랐으며, 눈에 전혀 뜨이지도 않았다고 진술했다. 존 하린차란은 이처럼 사람들에게 일어나는 일들은 결국 자기가 가지고 있는 에너지 파장으로 스스로 끌어당기는 것이라고 했다.

계속되는 걱정은 결국 걱정스러운 일을 현실로 끌어들이게 된다. 따라서 실제로는 자신이 원하지 않는 일을 스스로 일어나도록 만들어낸다. 이것이 바로 론다 번이 《시크릿》에서 말한 '끌어당김의 법칙'이다.[11] 그렇다면 우리가 전혀 걱정을 하지 않고 살아가는 것이 가능할까? 나는 걱정하는 사람들에게 어리석은 걱정과 현명한 생각을 구별하라고 말하고 싶다.

걱정이 생길 때마다 그것이 자신에게 플러스가 되는지 마이너스가 되는지 스스로에게 물어보는 습관이 필요하다. "이것은 어리석은 걱정인가?" 아니면 "현명한 생각인가?" 어리석은 걱정이라면 빨리 놓아버리고, 현명한 생각으로 변화시켜야 한다. 그래야만 걱정을 당신의 문제해결을 위한 창조적인 에너지로 활용할수 있다.

 현명한 생각을 하는 법

1. 지금 하고 있는 걱정을 적어본다.
2. 그 걱정이 실제로 일어날 가능성은 얼마인가를 평가해본다.
3. 그 걱정을 하는 것이 과연 타당한가를 평가해본다.
4. 그 걱정이 문제해결에 얼마나 도움이 되는가를 생각해본다.
5. 걱정을 하는 대신 문제해결을 위해 지금 할 수 있는 방법들을 적어본다.

걱정을 뛰어넘는 낙관주의

낙관주의란 현재의 상황과 상관없이 앞으로 모든 일들이 잘 풀릴 것이라고 믿는 사고방식이다. 독일 속담을 보면 낙관적인 사람을 '행운의 버섯'이라고 부르고, 비관적인 사람을 '불운의 새'라고 부른다. 아래의 현장 연구는 몇 년 전 독일의 텔레비전 방송에 방영된 것이다.[12]

연구자는 사람들에게 자신을 낙관적인 사람으로 생각하는지 혹은 비관적인 사람으로 생각하는지를 물어본 후 집단을 나누어서 실험을 했다.

그는 사람들에게 일부러 주문한 것과 다른 음료를 주고 나서 그들의 반응을 관찰했다. 관찰 결과 낙관적인 사람은 잘못된 음료를 바꿔달라고 웨이터에게 요청을 하거나, 잘못 배달된 음료를 마시더라도 투덜거리지 않으면서 마시는 경향을 보였다. 반면에 비관적인 사람들은 음료가 잘못 배달된 것에 대해서 이의를 제기하지도 않았으며, 음료를 계속 투덜거리면서 마시는 경향을 보였다.

그는 다시 화장실 앞에 일부러 돈을 떨어뜨려 두고 그 두 집단의 반응을 관찰했다. 관찰 결과는 흥미로웠다. 낙관적인 사람들은 화장실 앞에 떨어진 돈을 잘 찾았지만, 비관적인 사람들은 화장실 앞에 떨어진 돈을 잘 찾지 못했던 것이다!

걱정을 많이 하는 사람들 중에는 앞으로 다가올 미래를 부정적으로 보는 비관적인 사람들이 많다. 위의 실험에서 알 수 있듯이 동일한 실패를 경험하더라도, 낙관적인 사람들은 실패를 다른 방식으로 접근함으로써 다음에는 성공할 수 있다고 생각하는 적극적인 경향이 있지만, 비관적인 사람들은 크게 좌절하면서 자신에게 원인이 있어서 실패한 것이라고 생각한다. 이처럼 똑같이 부정적인 상황을 경험해도 이에 대한 사람들의 생각과 감정은 서로 다르다.

그렇다면 비관주의자는 결국 비관주의자로 남을 수밖에 없을까? 이들이 낙관주의자가 될 방법은 과연 없을까?

여기서 잠시 캐츠와 엡스타인이 주장한 '건설적인 사고'를 살펴보자.[13] 건설적인 사고란 어떤 문제가 생겼을 때 그 사건을 생산적으로 재구성하는 능력인데, 가능한 최소한의 스트레스만을 받도록 해석하는 능력을 말한다.

예를 들어 어떤 회사에 지원을 했으나 불합격한 경우, 건설적인 사고를 잘 하는 사람들은 그 회사와 자신이 잘 맞지 않기 때문에 그런 일이 일어났다고 생각하면서, 앞으로 더 좋은 기회가 올 것이라고 생각하는 것이다. 반면에 건설적인 사고를 잘 하지 못하는 사람들은 자신이 능력이 부족해서 불합격했다고 생각하면서, 다른 회사에 취직할 수 있을지 걱정하기 시작한다. 그들의 연구 결과에 의하면, 건설적인 사고를 잘 하는 사람들은 못하는 사람들에 비해서 문제 상황이 닥쳤을 때 부정적인 생각을 덜 하고, 부정적인 감정을 덜 느끼는 것으로 나타났다.

물론 이 같은 새로운 사고방식과 행동양식을 습득하려면 점진적인 노력이 필요하다. 그러나 이러한 건설적인 사고를 몸에 익히게 되면, 우리는 부정적인 일이 생기더라도 스트레스를 덜 받으며 상황에 더 적극적으로 대처할 수 있게 된다. 낙관적인 사고방식을 갖는 것이 어렵다고 생각되는 사람들은 아래의 다섯 가지 측면을 확실하게 실천해보자.

❤️ **낙관성을 기르는 법** ··

1. 힘든 일이 생길 때, 자신에게 도움이 되는 측면이 무엇이 있는지를 생각한다.
2. 실수를 하거나 실패를 할 때, 자신이 그 일을 통해서 배울 점이 무엇인지를 생각한다.
3. 좋지 않은 일이 생겼을 때, 앞으로 자신의 삶에서 어떤 좋은 일들이 기다리고 있을지 적어본다.
4. 일상생활에서 다른 사람이나 사물의 장점을 바라보는 연습을 한다.
5. 걱정스러운 일이 생겼을 때, 그것들이 해결되었을 때의 상태를 적어보고, 그때 자신이 느낄 감정을 미리 느껴본다.

걱정을 날려버리는 선언문

사람들이 걱정을 하게 되면 에너지 순환이 원활해지지 않는다. 걱정이 주체할 수 없을 정도로 많아져 지치거나 힘이 들 때 가장 좋은 방법 중 하나는, 머리 대신 몸을 지칠 정도로 움직여주는 것이다. 어떤 운동이라도 좋다. 등산이나 달리기도 좋고, 테니스나 탁구도 좋다. 자신에게 지병이 있어서 무리가 되지 않는다면, 지칠 정도로 몸을 움직여본다.

단전 차크라는 사람들이 살아가는 데 필요한 용기와 힘을 관장하는 곳이다. 단전 차크라를 강화시키는 요가 동작이나 기공을 하는 것도 또 다른 방법이다. 나는 매일 저녁 요가를 한 후에 단전 차크라를 강화시키는 운동 두 가지를 한다.

하나는 다리를 어깨 너비로 벌리고, 손으로 반대편 팔꿈치를 가볍게 잡는 자세에서 시작한다. 그런 자세에서 척추를 일직선으로 해서 무릎을 구부렸다가 펴는 동작을 하는 것이다. 무릎을 펼 때는 완전히 펴지 않고 조금 구부린 상태까지만 편다. 처음에는 100개를 목표로 한 후 점차 횟수를 늘려본다.

다른 하나는 바닥에 요가 매트나 담요를 깐 후에 편안하게 일자로 누운 상태에서 하는 운동이다. 팔은 깍지를 껴서 머리 뒤를 편안하게 받친다. 다리를 붙여서 90도 각도로 들었다가 바닥에 닿지 않을 정도로 내렸다가, 다시 90도 각도로 들어 올리는 동작을 반복한다. 동작을 할 때는 목과 어깨의 긴장을 풀면서 한다. 이 운동 역시 처음에는 무리하지 않고, 매일 횟수를 조금씩 늘려본다.

나는 아래의 세 문장을 단전 차크라를 강화시키는 선언문이라고 말하고 싶다. 걱정이 떠오를 때 내가 속으로 되뇌는 문장들이다. 이 문장들은 마치 만트라가 지닌 힘처럼 마음의 고요와 평화를 가져다줄 것이다.

첫째, 삶에서는 무슨 일이든지 일어날 수 있다.

둘째, 나에게 무슨 일이 일어나는 것은 이유가 있기 때문이다.

셋째, 나는 나에게 무슨 일이 일어나든지 감당할 수 있다.

위와 같이 생각하고 행동하게 되면, 걱정 대신 마음의 평화를 선물로 받게 될 것이다. 사람들은 보통 첫 번째와 두 번째를 생각하기 힘들고, 특히 세 번째는 잘 되지 않아 고통을 받는다. 살면서 우리에게 무슨 일이 생길지 어떻게 알겠는가? 일어나는 어떤 일이라도 자신이 감당할 수 있다고 생각한다면, 걱정은 한결 가벼워질 것이다.

2장
'부정적인 나' 다이어트

子曰 智者는 不惑하고 仁者는
不憂하고 勇者는 不懼니라

공자가 말했다.
"지혜로운 사람은 미혹되지 않고,
어진 사람은 근심하지 않으며,
용감한 사람은 두려워하지 않는다."

─논어

나, 세상을 인식하는 출발점

'나'는 세상을 인식하는 기본적인 출발점이다. 내가 사라지면 세상도 사라진다.

'나'의 또 다른 이름은 '자기(自己)' 혹은 '자아(自我)'다. 사람들은 치열한 삶의 환경에 적응하기 위해서 '자기'를 알고, 삶의 의미와 목적을 실현하기 위해서 '자기'를 이해하는 것이 필요하다.

이 장에서 설명하고자 하는 '자기개념'은 "나는 누구이며, 어떤 사람인가?"에 대한 생각을 말한다. 우리가 처음 태어났을 때는 '나'를 잘 인식하지 못하지만, 성장하면서 가정이나 학교와 같은 환경과의 상호작용을 통해 서서히 인식하기 시작한다. 이때 나 스스로에 대한 평가뿐 아니라 부모나 선생님과 같은 중요한 타인의 평가가 자기개념을 형성하는 데 중요한 역할을 한다.

자기개념은 여러 측면이 존재한다. 미국의 심리학자 제임스는 자기개념을 '물질적 자기' '정신적 자기' 그리고 '사회적 자기'로 나누었다.[1] 물질적 자기는 자기의 몸과 자기가 소유하고 있는 옷이나 가구와 같은 물질에 대한 생각을 말한다. 그리고 정신적 자기는 자기의 성격이나 감정을 말하며, 사회적 자기는 타인에게 받은 평가를 말한다.

이 세 가지 자기개념은 독립된 차원에서 존재한다. 예를 들어 경제적으로 부유하지만, 불안하고 우울한 사람은 물질적으로는 긍정적이지만, 정신적으로는 부정적인 자기개념을 가지고 있다고 할 수 있다. 또한 자신감이 높지만, 인간관계가 별로 좋지 않은 사람은 정신적으로는 긍정적이지만, 사회적으로는 부정적인 자기개념을 가지고 있다고 할 수 있다.

사람들은 독립된 차원에서 존재하는 자기개념을 하나로 통합해서 자기를 바라본다. 자기개념은 자기를 바라보는 관념이기도 하지만, 외부환경과 상호작용을 하는 관문이기도 하다. 그런데 그것을 바꾸고 싶어도 잘 되지 않는 이유는 사람들이 어떤 관념을 한번 형성하고 나면, 그 관념에 맞는 정보만을 계속 받아들이기 때문이다. 그래서 부정적인 자기개념을 가진 사람들은 항상 자신에게 만족하지 못하고, 세상을 살아가는 것이 불행하게 느껴진다.

자기 충족적인 예언, '안되는 나'

외부로부터의 부정적인 평가를 들었을 때 자기도 그런 사람이라고 받아들면 처음에는 얇은 부정적인 자기개념의 막이 생긴다. 그런데 그러한 평가를 별다른 생각없이 습관적으로 받아들게 되면 그 막은 점차 단단해지게 된다. 이렇게 형성된 막은 고정관념처럼 쉽게 변하지 않는다. 긍정적인 사건을 경험하더라도 무시하게 되고, 부정적인 경험에만 집중하면서 자기가 그런 사람이라고 믿어버리게 되는 것이다.

이처럼 사람들이 자기의 기대 혹은 예언을 충족시키는 행동을 가리켜 '자기 충족적 예언'이라고 한다. 예를 들어 다른 사람들로부터 존중받지 못한다고 생각하는 사람이 있다고 가정하자. 그 사람은 다른 사람들이 자기를 무시한다고 여기기 때문에 사소한 일에도 흥분하거나 자기를 비하하는 행동을 하기 쉽다. 그런 행동을 바라보는 상대도 점차 그 사람을 무시하게 되고, 결국 그는 다른 사람들이 자기를 무시한다는 부정적인 자기개념을 확고하게 받아들이게 된다.

같은 맥락에서 부정적인 자기개념을 가진 사람들이 그것을 어떻게 지속시키는지에 대한 연구가 있다. 연구자들은 긍정적인 혹은 부정적인 자기개념을 가진 사람들이 배우자와 어떤 관계를 맺는지에 대해서 연구했다.[2]

연구 결과 긍정적인 자기개념을 가진 사람들은 자기를 좋게 평가하는 배우자에게 더 헌신하지만, 부정적인 자기개념을 가진 사람들은 자기를 좋지 않게 평가하는 배우자에게 더 헌신하는 것으로 나타났다. 연구자들은 이런 결과에 대해서 사람들은 자기개념에 의존해서 다른 사람들의 반응을 예언하며, 자기개념을 지지해 주는 증거를 계속 찾으려 하기 때문이라는 결론을 내렸다.

자기개념은 자기에 대한 '인지적인 지각'을 말하고 '자존감'은 자기에 대한 '감정적인 지각'을 말한다. 그래서 긍정적인 자기개념을 가진 사람들은 높은 자존감을 가지고, 부정적인 자기개념을 가진 사람은 낮은 자존감을 가진다.

초기의 연구에 의하면 자존감이 높은 사람들은 자신의 능력에 대해서 확신하며 다른 사람과 관계형성을 잘 하고, 스트레스에 잘 적응하는 것으로 나타났다. 반면에 자존감이 낮은 사람들은 삶의 여러 영역에서 수행이 저조하고, 더 불안해하고 우울해하며, 다른 사람에 의해서 쉽게 영향 받는 것으로 나타났다.[3]

당신은 어떤 자기개념을 가지고 있는가? 비슷한 능력을 지녔지만 동료에 비해서 성과가 잘 오르지 않는 사람, 출발은 좋지만 왠지 마무리에서 자꾸 실패해 버리는 사람, 그리고 인간관계에서 계속 좋지 않은 일을 경험하는 사람들은 문제해결의 출발을 자기개념에서 찾아보는 것이 좋다.

지금 당신이 지닌 부정적인 자기개념이 어떻게 형성되었고, 당신에게 어떻게 작용하는지를 이해하고 나면, 당신은 그것을 계속 가지고 자신을 바라볼 것인지 말 것인지를 결정할 수 있다. 내면에서 자기를 변화시키고 싶다는 태양과 같은 강렬한 열망이 든다면 자신을 변화시키려는 시도를 해보자.

나만의 아름다운 꽃을 피우는 법

많은 사람들이 자기를 사랑한다고 생각하지만, 실제로 그 내면을 들여다보면 그렇지 않은 경우가 많다. 볼록 나온 배 그리고 낮은 코를 가진 당신을 사랑할 수 있는가? 뛰어난 실력으로 밑에서 치고 올라오는 후배를 보면서 초라해지는 자신을 사랑할 수 있는가? 젊은 시절의 열정과 순수함은 점차 사라지고 어느새 현실과 타협하고 있는 비겁한 자기를 사랑할 수 있는가?

모든 것이 괜찮다. 당신이 이 세상에 태어난 이유는 당신만의 고유하고 아름다운 꽃을 피우기 위해서이다. 비록 당신 스스로가 색이 희미하고, 꽃봉오리가 활짝 피지 않은 꽃이라고 생각할지라도, 당신은 우주에 하나밖에 없는 아름다운 꽃이다. 사람들은 꽃을 판단하거나 평가하기 위해서 많은 가치 체계를 만들어 냈지만, 그것과 자유로운 상태에서 당신을 바라보면 당신은 빛나는 아름다움으로 둘러싸인 존재다. 어떻게 보면 삶의 목적은 각자의 아름다움을 피워내는 것인지 모른다.

가끔 우리는 주위에서 긍정적인 자기개념을 도가 넘게 가진 사람들을 볼 수 있다. 처음에는 그들의 자신감이 매력적으로 느껴지지만, 시간이 지날수록 남을 배려하지 않는 거만한 태도 때문에 실망하는 경우가 있다. 그렇다면 그런 사람들은 타인으로부터 어떤 평가를 받는 것일까?

연구자들은 '자기 증진자(자기가 다른 사람들보다 긍정적인 특성을 더 많이 가졌다고 생각하거나, 남들이 보는 자기보다 자기 자신을 더 긍정적으로 바라보는 사람)'들이 인간관계에서 어떤 평가를 받는지 연구하기 위해서, 4~6명을 한 조로 해서 매주 20분 동안 7회에 걸쳐서 토론을 하게 했다.[4]

토론을 마친 후에는 서로가 각각에 대한 평가를 하게 했다. 연구 결과, 첫 만남에서 자기 증진자들은 타인으로부터 유쾌하고, 유능하다는 긍정적인 평가를 받았지만, 7주가 지난 후에는 오히려 부정적인 평가를 받은 것으로 나타났다.

이는 자존감이 높은 사람이 낮은 사람보다 삶의 여러 영역에서 모두 성공적인 모습을 보이는 것은 아니라는 최근 연구와도 맥락을 같이 한다.[5] 그 이유에 대해서 연구자들은 자기의 장점을 솔직하게 받아들이는 사람뿐 아니라 자기중심적이거나, 방어적이거나, 그리고 자만심이 강한 사람 모두가 자존감이 높기 때문이라고 설명했다.

나는 건강하고 긍정적인 자기개념을 가지는 것이 중요하다고 말하고 싶다. 그것은 모든 것을 자기관점에서만 바라보는 '자기 중심성'이나 지나친 자기애(自己愛)에 빠져서 다른 사람을 사랑하지 못하고, 친밀한 인간관계를 맺지 못하는 '자기애 성격장애'와 다르다.

긍정적인 자기개념을 가진 사람들은 주변과 자신을 비교하지 않고 자기의 존재 자체를 있는 그대로 긍정하고 수용한다. 그리고 자기의 장점뿐 아니라 단점까지도 솔직하게 받아들이기 때문에 장점을 더욱 개발시키고 단점을 극복하기 위해서 노력한다. 그들은 자기에게 만족하지만, 다른 사람을 무시하거나 얕잡아보지 않는다. 다른 사람에게도 존재하는 장점을 바라볼 수 있는 시각과 마음의 여유가 있기 때문이다. 또한 다른 사람들로부터 배울 점이 있으면 기꺼이 배우고, 타인의 실수와 잘못에 대해서 너그러운 태도를 보인다. 자기가 그런 것처럼 다른 사람도 실수하거나 잘못할 수 있다는 것을 알기 때문이다.

앞서 말했듯이 부정적인 자기개념을 가진 사람은 자기가 성격이나 능력, 외모 등에서 남들보다 못하다고 생각한다. 그들은 자신을 무가치하거나 보잘것없다고 여기며, 심한 경우에는 열등감이나 수치심을 느낀다. 또한 이와 더불어 성취동기가 약하고, 비관적이며 소극적이다.

또한 그들은 일의 결과에 대해 성공을 거두었을 때는 운이 좋앉다고 생각하고, 실패했을 때는 자신의 능력이 부족하기 때문이라고 생각하는 경향이 있다. 그래서 같은 일을 하더라도 부정적인 자기개념을 가진 사람들은 성과가 떨어진다. 자기 스스로를 불신하고 있기 때문이다.

아래의 명상법들은 부정적인 자기개념을 치유하며, 심리적인 방법들은 자신을 이해하고, 건강하고 긍정적인 자기개념을 형성하는 데 도움이 되는 것들이다.

부정적인 나를 치유하는 집중명상

시중에는 신념의 법칙을 통해서 자기변화를 이루게 하는 책들이 많이 나와 있다. 그리고 회사에서는 자기관리나 목표관리와 관련된 다양한 프로그램을 직원들에게 교육시키고 있다. 그러나 아무리 그런 책들을 읽고 교육을 받아도 사람들이 잘 변화되지 않는 이유 중 하나는 부정적인 무의식을 해소하는 것이 쉽지 않기 때문이다. 우리 내면에 자리한 부정적인 무의식이 해소되지 않은 상태에서 의식적으로 아무리 긍정적인 변화를 이루려해도 잘 되지 않는다. 많은 사람들이 자기를 변화시키려고 노력하다가 쉽게 좌절해버리는 것은 바로 그 때문이다.

자기를 변화시키고 싶다면 의식보다 무의식이 자신의 행동에 더 큰 영향을 미친다는 것을 먼저 이해할 필요가 있다. 그럼으로 써 가장 먼저 무의식에 자리 잡고 있는 자기에 대한 부정적인 관념과 감정을 정화시킬 준비가 되어 있어야 한다. 그래야 건강한 자기가 꽃피어날 수 있다. 그렇다면 무의식에 있는 부정적인 자기개념을 어떻게 변화시킬 것인가?

우리가 무의식에 접근할 수 있는 좋은 방법은 집중명상을 하는 것이다. 집중명상을 하면 뇌파가 베타파(14~30HZ) 상태에서 평소보다 더 느리게 움직이는 알파파(8~14HZ)와 세타파(4~8HZ) 상태가 된다.[6] 알파파 상태는 몸은 이완되고 마음은 고요하지만 의식은 선명하게 깨어 있는 상태이며, 세타파는 깨어 있는 상태와 잠이 든 상태의 경계에 있으며, 창조성이나 통찰력이 생기는 상태이다.

이와 관련하여 잠재의식(의식과 무의식의 중간에 있는 의식)에서 자기에 대한 고정관념을 다르게 활성화시킴으로써, 자기에 대한 판단을 변화시킬 수 있다는 연구가 있다. 연구자들은 노인들을 대상으로 집단을 둘로 나누어서 잠재의식 상태에서 한 집단은 노화에 대한 긍정적인 고정관념을, 다른 한 집단은 부정적인 고정관념을 활성화시켰다.[7]

연구 결과 첫 번째 집단은 두 번째 집단보다 기억과제 수행을 더 잘 했고, 노화에 대해서 더 긍정적으로 바라보는 것으로 나타났다. 이렇게 잠재의식 상태에서 긍정적인 암시를 주면, 부정적인 자기개념이 변할 수 있다.

조용한 장소에서 집중명상을 하면서 마음을 고요하게 가라앉힌다. 숨을 들이쉬고 내쉬면서 의식을 한 곳에 집중한다. 머릿속을 맴돌던 생각들이 사라지고 마음이 고요해지면, 가슴속 깊은 곳에 숨겨져 있던 생각과 감정을 풀어낸다.

그동안 살아오면서 누구나 다른 사람의 평가 때문에 상처받은 적이 있을 것이다. 자기가 들었던 부정적인 평가나 판단을 떠올려 본다. 그 때 자기에 대해서 느꼈던 생각이나 감정을 떠올려 본다. 그리고 자기가 못났다고 생각했던 기억이나 감추고 싶었던 것들을 떠올려 본다.

그동안 인정받지 못하고 이해받지 못했던 자기에 대해서 억울한 생각이나 감정을 모두 말로 표현한다. 떠오르는 생각이나 감정이 모두 분출되고 나면, 심장에 한 손을 얹고 고요해진 가슴을 느껴본다. 들이쉬고 내쉬는 호흡을 따라 자신의 생명력을 느끼면서, 사랑하고 감사하는 마음으로 자신을 감싸 안아본다. 동시에 자신이 얼마나 아름다운 존재인가를 느껴본다.

다음은 하늘에서 밝은 빛이 내려와 자신의 온몸을 감싼다고 상상한다. 그 빛은 당신의 내면에 있는 부정적인 자기개념을 모두 녹여 내리는 강력한 힘을 가지고 있다고 상상한다. 들이쉬고 내쉬는 호흡을 따라 머리부터 목, 어깨, 팔과 몸통, 그리고 다리까지 당신의 몸이 밝은 빛으로 천천히 씻겨 내린다고 상상한다.

호흡을 하다가 몸에 아픈 부분이 느껴지면 그 곳에 집중적으로 빛을 보낸다. 밝은 빛이 가는 곳마다 세포가 깨어나고, 자기의 몸과 마음에 신선한 생명력이 가득 차게 된다고 상상한다. 자기에 대해서 부정적인 생각이 들 때, 잠시 눈을 감고 빛을 통한 치유명상을 한다. 그러고 나면 당신의 몸과 마음은 부드럽게 정화될 것이다.

다음은 집중명상을 하면서 자신이 되고 싶어하는 긍정적인 모습을 그려본다. 어떤 사람이 되고 싶은가? 밝고 활기찬 사람이 되고 싶은가? 다른 사람으로부터 인정받는 사람이 되고 싶은가? 상상을 할 때는 구체적이고 선명하게 그려보는 것이 효과적이다. 자기의 긍정적인 모습을 그리면서, 자기가 원하는 사람이 되었을 때의 느낌을 느껴본다. 자기에 대한 긍정적인 상상을 하는 것은 '나'라는 토양에 긍정이라는 씨앗을 뿌리는 것과 같다.

아침에 일어나자마자 혹은 밤에 자기 전 잠시 눈을 감고 집중명상을 하면서 자신이 되고 싶은 모습을 상상해 본다. 힘든 과제를 앞두고 있을 때는 잠시 동안 집중명상을 통해 그 과제를 완성해내는 자신의 모습을 그려본 후에 일을 시작한다.

부정적인 나로부터 자유로워지는 지혜명상

부정적인 자기개념은 외부의 영향을 받아 우리가 의식하지 못한 상태에서 만들어진 것이다. 때문에 못나거나 잘난 모습 모두 우리에게 속한 부분이며 어느 한 부분이 전체가 될 수 없다. 그러나 많은 사람들이 부정적인 자신에게 매몰되어 있는 이유는 우리가 자신의 못난 모습에만 계속 초점을 두고 있기 때문이다. 초점을 벗어나는 방법은 부정적인 자기개념의 뿌리를 치유하고, 머릿속에 단단하게 자리잡고 있는 '못난 자신의 모습'이 떠오를 때마다 알아차리고 흘려보내는 것이다.

지혜명상을 하면 자기개념에 변화가 일어난다는 연구 결과가 있다. 연구자들은 고등학생과 대학생을 대상으로 집단을 둘로 나눈 후 한 집단에만 지혜명상을 하게 했다.[8]

지혜명상을 한 집단은 일주일 동안 오전 4시에 일어나서 밤 9시 30분까지 침묵하면서, 좌선명상(앉아서 하는 명상), 걷기명상(걸으면서 하는 명상), 그리고 마음챙김명상(예, 천천히 자각하면서 물을 마시기) 등을 하면서 자신의 몸과 마음을 자각하게 했다.

연구자들은 연구를 시작하기 전과 후에 '테네시 자기개념 척도(TSCS, Tennessee Self-Concept Scale)'에 자기를 평가하게 했다. 연구 결과 지혜명상을 한 집단은 하지 않은 집단보다 자기를 더 긍정적으로 바라보며, 지혜명상을 하기 전보다 하고 난 후에 자기개념이 더 긍정적으로 변한 것으로 나타났다.

이처럼 생각과 감정을 있는 그대로 계속 알아차리면, 더 이상 그것에 영향을 받지 않는다. 또한 부정적인 생각과 감정을 알아차리는 자각이 깊어지면, 점차 그 근원이 어디에서 형성되었는지에 대한 통찰이 생기게 된다.

지혜명상을 하면서 당신의 부정적인 자기개념에 영향을 준 사람들에 대한 미움이나 원망이 느껴져도 그냥 그것을 있는 그대로 알아차리기만 한다. 원하지 않는 부정적인 자기개념을 계속 가지고 있는 것은 당신의 책임이라는 것을 인식한다. 우주가 당신에게 준 최고의 선물은 스스로 생각과 감정을 선택할 수 있는 자유다. 그 자유를 마음껏 누린다.

자신이 하는 생각, 감정, 그리고 행동은 항상 자신의 책임이라는 것을 인식한다. 지혜명상을 통해서 자신의 생각과 감정을 알아차리는 사람은 부정성을 알아차리고, 자신의 성장과 발전을 위해서 긍정적인 방향으로 생각과 감정을 선택할 수 있다.

일을 하기 전 '내가 과연 이 일을 할 수 있을까?'라는 생각이 들면, 그 생각을 알아차려본다. 그런 후 '이 일을 마치고 나면 나에게 어떤 좋은 점이 있을까?'를 생각해 보고 일을 시작한다. 자신의 자기개념에 대한 통찰이 깊어지면 아래의 문제들을 생각해 본다.

 **나의 자기개념에 영향을 준 사람들을 평가하기**

1. 그들은 누구인가?

2. 그들로부터 받은 부정적인 평가를 모두 적어본다.

3. 그들은 왜 나에게 그런 평가를 내렸을까를 생각해본다.

4. 나는 그런 평가를 극복하면서 살아왔는가? 아니면 그런 평가대로 살아왔는가?

5. 만약에 그런 평가대로 살아왔다면, 지금 당장 어떻게 변하고 싶은가?

긍정적인 혼잣말, 셀프 토크

"모든 것이 잘 될 거야" "나는 잘 할 수 있어" "○○야 힘내. 너는 대단한 사람이잖아"와 같은 긍정적인 혼잣말은 스스로에게 힘을 북돋아 주기 위해서 하는 말이다. 이런 긍정적인 혼잣말이 실제로 수행을 향상시키고, 마음에 긍정적인 영향을 준다는 연구 결과가 있다. 연구자들은 2년 이상 골프를 한 사람들을 대상으로 혼잣말 훈련을 하는 집단과 하지 않는 집단으로 나누어서 혼잣말 훈련의 효과를 실험했다.[9] 이후 10주에서 15주 동안 두 집단 간에 운동수행 능력과 심리상태에서 어떤 변화가 있는지 비교했다.

연구 결과 혼잣말 훈련을 한 집단은 하지 않은 집단에 비해서 운동 수행력이 향상되었고, 주의력과 자신감이 높아졌을 뿐만 아니라, 신체적인 불안까지 감소한 것으로 나타났다.

프랑스의 의학자인 에밀 꾸에가 환자들에게 약을 지어주면서 암시의 힘을 연구한 것도 같은 맥락이다. 그는 환자들에게 약효가 뛰어난 약이니까 꼭 나을 것이라는 말을 하면서 실제 병과는 상관없는 비타민을 주었는데, 그것을 먹고 환자들의 병이 회복되는 경우가 많았다. 이것을 아무런 효과가 없지만 사람들이 효과가 있다고 믿으면 실제로 효과가 나타난다고 해서 '위약(僞藥) 효과(다른 말로 '플라시보 효과'라고도 한다)'라고 한다. 그가 환자들에게 가르친 유명한 암시법이 있다.

"나는 날마다 모든 면에서 점점 좋아지고 있다."[10]

혼잣말은 스스로 자신에게 긍정적인 암시를 주는 것이다. 긍정적인 혼잣말은 자기의 부정적인 자아개념에 계속 태양을 비추는 것과 같다. 다음과 같은 혼잣말을 시간이 날 때마다 하거나 스스로에게 하고 싶은 혼잣말을 만들어서 해본다.

 긍정적인 혼잣말의 몇 가지 예 ··················

1. 나는 내가 자랑스럽다.

2. 나는 내 자신이 마음에 든다.

3. 나는 세상에 단 하나뿐인 특별한 존재다.

4. 나는 매력적인 존재다.

5. 나는 나만의 독특한 방법으로 맡은 일을 책임감 있게 잘 마무리한다.

내 삶의 역사를 탐구하라

누군가 한 사람을 진정으로 이해하기 위해서는 그 사람의 삼대(三代)를 이해해야 한다고 말한 적이 있다. 바꾸어서 말하면, 나를 이해하기 위해서 우리의 부모와 조부모는 어떤 생각을 가지고 어떻게 살아왔는지를 살펴보는 것이 필요하다.

조금 쑥스러운 이야기지만, 지금까지 나는 다른 사람들로부터 '착하다'는 말을 들어본 적이 거의 없다. 그래서 나의 자기개념 속에는 '착하다'는 것이 존재하지 않는다. 나는 딸만 넷인 집에서 셋째 딸로 태어났는데, 우리 집은 유난히 위계질서를 강조했다. 어릴 때 내가 큰언니와 싸우면, 어머니께서는 동생이니까 무조건 언니에게 잘못했다는 말을 하라고 강요하셨다. 매를 맞기 싫어서 겉으로는 하는 수 없이 언니에게 그 말을 했지만, 안으로는 반항심이 들끓었다.

그 다음부터 나는 어른들의 행동을 관찰하기 시작했는데, 할머니께 무조건 복종해야 하는 어머니는 실제로 그렇게 행동하지 않는다는 것을 알게 되었다. 그때 나는 '착하다'는 것은 어릴 때 어른들이 아이를 통제하기 위해서 만들어낸 말이라고 생각했다. 그 말 뒤에 숨어 있는 뜻은 그들의 말에 거역하지 말고, 앞으로 계속 순종하라는 뜻으로 해석했기 때문이다.

나는 내가 못된 사람이라는 것을 받아들이고 싶지 않았다. 그래서 실제로 나는 괜찮은 사람이지만 일관성 없는 어른들의 말대로 행동하지 않아서 야단을 듣는다고 생각했다. 그 뒤로도 나는 계속 착하기를 거부하면서, 삶에서 많은 피곤함과 고단함을 겪어왔다. 최근에는 가끔 다른 사람들로부터 성격이 좋다는 말을 듣기도 하는데, 그럴 때마다 투쟁적으로 살았던 나의 과거를 떠올리면서 혼자 조용히 미소를 짓는다.

내가 이 이야기를 꺼내는 이유는 자기를 진정으로 이해하기 위해서, 부정적인 자기개념이 형성된 뿌리를 찾아보는 것이 필요하다는 말을 하고 싶기 때문이다. 누구나 그것이 형성된 결정적인 계기가 있다. 그것을 찾아내어 그 당시 자기와 상황 전체를 이해하는 것이 필요하다. 어린시절 어른들로부터 부정적인 평가를 들었을 때 그것을 있는 그대로 '내면화'하는 사람도 있고, 저항해서 새로운 자기개념을 만들어 내는 사람도 있기 때문이다. 당신은 어느 쪽이었을까?

부정적인 자기개념 뒤에는 핵심적인 신념이 있다. 그것이 무엇인지를 통찰하는 것이 필요하다. 그것을 깊이 통찰하고 나면 자기가 원하는 방향으로 자신을 변화시킬 수 있다. 훌륭한 부모 밑에서 성장하는 것이 긍정적인 자기개념을 형성하기 위해서 필요조건이기는 하지만 충분조건은 아니다. 힘들거나 고통스러운 가정에서 성장했지만, 긍정적인 자기개념을 형성한 사람들을 주위에서 찾아 볼 수 있기 때문이다.

많은 사람들이 타인이 자기를 어떻게 평가하고 판단할지 염려한다. 우리가 사회에서 살아가는 한 이 부분으로부터 완전히 자유로워지기는 힘들지 모른다. 그러나 그들은 그들의 시각에서 당신을 바라보고 판단한 것에 불과하다. 언제부터인가 나는 내가 관념에 빠져 있듯이 다른 사람들 역시 그러하다는 것을 알고 나서, 타인의 평가나 판단으로부터 많이 자유로워지게 되었다.

우선 당신이 스스로 자기개념을 통제할 수 있는 힘이 있다는 사실을 알아야 한다. 당신은 정말 고귀하고 소중한 존재이기 때문이다. 당신을 어떻게 바라보고 평가할지는 오로지 당신만이 결정할 수 있다. 그 신성한 힘을 왜 과거의 기억이나 다른 사람에게 안겨주는가?

 작용하는 부정적인 자기개념을 변화시키는 법

1. 자신에게 두드러지게 나타나는 부정적인 행동을 다섯 가지만 적어본다.

2. 그런 행동들이 부모나 조부모의 어떤 영향 때문에 생기게 되었는지 분석해본다.

3. 부모와 조부모는 어떤 삶을 살아왔는가? 그들이 우리에게 왜 그런 영향을 주었는지를 깊은 사랑으로 이해해본다.

4. 자신에게 주어진 삶을 변화시킬 수 있는 자유를 어떻게 사용할 것인가를 생각해본다.

꿈꾸는 사람의 특권

목표가 생기면 달성할 때까지 몰아쳐요. 제6집 만들 때는 멜로디
며 노랫말이 너무 어렵다는 지적이 많아 겁이 났어요. 이게 쓴 약
이라면 과연 어떤 설탕을 발라야 달아질까 고민하다 탭댄스를 생
각해냈고요. 앨범 발매를 6개월 미루고 매일 밤 아무도 없는 연습실
에서 하루 4시간씩 비밀 연습을 했어요. 평소 쓰지 않던 근육, 관
절을 단련시키느라 죽을 만큼 고생했어요. 덕분에 오른쪽 무릎이
나가버렸죠. 춤추다가, 자다가도 다리에 쥐가 나서 수도 없이 혼
자 비명을 삼켰고요. 하지만 무대에 올라 새 춤을 선보이는 순간
그 모든 고통은 다 하찮은 것이 되고 말았어요. 그 자유, 열광, 행
복. 이루 표현할 수 없죠.[11]

나는 몇 년 전에 한 잡지에서 위의 인터뷰 기사를 보고, 박진영
의 넘치는 에너지에 감탄했다. 그러면서 그가 과연 어디까지 자
신의 모습을 펼쳐보일지 궁금했다. 그는 대학교에서 음악이나
경영학을 전공한 사람이 아니다. 그런데 몇 년 전부터 무대를 미
국까지 옮겨서 가수, 작곡가, 제작자 등 다양한 역할을 활발하게
소화해 내고 있다.

'난타'의 제작자로 유명한 송승환은 최근 한 방송프로그램에서
외모 때문에 박진영을 오디션에 떨어뜨린 것이 후회된다고 한

다. 나는 자신의 긍정성에 초점을 맞춰서 노력해온 그의 열정과 용기에 찬사를 보내지 않을 수가 없다.

내가 박사학위를 받은 후 3년 동안 《사서삼경》을 배우러 다닐 때 강의를 들으면서 감동을 받은 이야기가 있다. 중국 고대 국가로 일컬어지는 하(夏)나라의 순(舜) 임금은 계모가 자기를 두 번이나 죽이려고 하지만, 아버지께 이르지 않고 덕(德)으로 감쌌다고 한다. 그런 인품 때문에 그는 혈연이 없지만 요(堯) 임금으로부터 왕위를 물려받는다.

이것을 순 임금이 뛰어난 인품을 타고났기 때문이라고 말할 수도 있지만, 나는 '자기의 에너지를 어느 방향으로 쓰는가?'의 문제라고 본다. 많은 사람들이 자기의 소중한 에너지를 자신을 미워하거나 남을 원망하는 데 써버린다.

지금 스스로에게 한번 물어보자. "나는 나 자신을 어떻게 바라보고 있는가?"

모든 조건을 완벽하게 갖춘 사람은 존재하지 않는다. 어떤 조건에 있든 자기의 긍정성에 초점을 맞추고 자신을 개발해 나가는 사람들이 있다. 그런 사람들은 자신의 몸과 마음 모두를 건강하게 성장시킨다. 그리고 삶의 여러 영역에서 자기를 돌아보고, 각 영역에서 균형과 조화를 추구한다.

자신의 긍정성을 개발하는 방법

1. 자신이 얼마나 아름답고 소중한 존재인지 느껴본다.

2. 자신이 되고 싶은 모습을 그려본다.

3. 왜 그런 사람이 되고 싶은가를 생각해본다.

4. 어떻게 하면 그런 사람이 될 수 있는가를 생각해본다.

5. 그런 사람이 되기 위해서 지금 무엇을 할 수 있는지 그 실천방법을 적
   어본다.

3장

고정관념 다이어트

子曰 君子는 不器니라.

공자가 말했다.
"군자는 한 가지 그릇처럼
판에 박히지 않는다."

—논어

세상을 바라보는 창

영화의 천재라고 불리는 찰리 채플린이 감독과 주연을 맡은 영화 〈모던 타임즈〉에서 그는 컨베이어 벨트 공장에서 나사못을 조이는 일을 하는 인물로 등장한다. 하루 종일 똑같은 일을 반복하는 찰리 채플린은 결국에는 보이는 건 무조건 조이려고 해서 병원 신세를 지게 된다. 우리는 이 영화를 보면서 씁쓸한 웃음을 짓지만, 자신이 그처럼 판에 박힌 생각과 행동을 하고 있다는 사실을 제대로 인식하지 못한다.

　고정관념은 일종의 선입견으로, 고정된 생각을 말한다. 사람들이 고정관념을 가지고 있으면, 마치 테이프를 계속 돌리는 것처럼 계속 동일한 패턴으로 생각하게 된다. 그래서 어떤 새로운 사람이나 사건, 상황을 바라볼 때 그것에 맞추어서 인식하게 되는 것이다. 앞에서 말한 자기개념이 자기를 바라보는 창이라면, 고정관념은 자신이 타인이나 세상을 바라보는 창과 같은 역할을 하기 때문이다.

고정관념은 보편적인 고정관념과 특수한 고정관념으로 나눌 수 있다. 예를 들어 '여자는 수학을 잘 하지 못한다'거나 '나이가 들면 지능은 쇠퇴한다'와 같은 성별, 나이, 출신 지역, 그리고 신체적인 특징 등에 대해서 대부분의 사람들이 가지고 있는 생각을 보편적인 고정관념이라고 한다. 한편으로 '돈은 나쁜 것이다' '사람을 쉽게 믿으면 안 된다'와 같은 관념을 가진 사람들이 있는데, 그런 것들은 개인적으로 특별한 경험을 통해서 생겼기 때문에 특수한 고정관념이라고 한다.

많은 사람들이 가지고 있는 보편적인 고정관념 중 하나는 혈액형과 성격 간의 관계에 대한 것이다. 특히 우리나라와 일본에서는 그 정도가 심한데, 보통 A형은 소심하고, B형은 감정의 기복이 심하고, O형은 활달하다는 고정관념이 있다. 그래서 처음 어떤 사람을 만났을 때 혈액형을 알게 되면 혈액형에 대한 고정관념으로 상대방의 성격을 추측하기도 한다.(분명히 이 글을 읽는 당신도 한 번쯤은 그런 경험이 있을 것이다.)

그러면 실제로 혈액형과 성격에 따른 차이가 있을까? 여러 연구자들이 혈액형과 성격 간의 관계를 연구했으나 아쉽게도 그 둘은 아무런 상관이 없는 것으로 나타났다. 한 연구를 예로 들면, 연구자들은 남성과 여성 모두를 대상으로 해서 성격검사를 실시했는데, 연구 결과 성(gender)에 따른 성격의 차이도 없었고, 혈액형과 성격 간에도 아무런 관계가 없는 것으로 나타났다.[1] 그런데 왜 많은 사람들은 혈액형과 성격 간의 연관성에 대해 고정관념을 가지고 있을까? 그리고 왜 그것을 사실이라고 믿을까?

사람들은 왜 고정관념에 빠질까?

그 답은 간단하다. 사람들이 기존에 존재하는 고정관념들을 별 생각 없이 받아들이고 있기 때문이다. 사회에 존재하는 많은 고정관념들을 일일이 확인하면서 받아들인다면, 우리에게는 많은 시간과 노력이 필요할 것이다. 그래서 피스크와 테일러는 인간을 정보를 처리할 때 노력을 많이 하지 않는 '인지적인 구두쇠'라고 했다.[2]

우리는 매일 새로운 정보가 쏟아지는 세상에 살고 있고 그만큼 빠른 결정을 해야 하는 상황을 종종 만난다. 그 때 우리가 손쉽게 선택할 수 있는 방법은 고정관념에 의지하는 것이다. 정보를 고정관념으로 판단하면 신속하게 처리할 수 있기 때문이다.

그런데 과연 고정관념을 사용해서 정보처리를 하면 도움이 되는 것일까? 그것을 알기 위해서 연구자들은 사람들에게 두 가지

과제를 동시에 하도록 했다.[3]

　한 과제는 컴퓨터 화면에 사람 이름(예, 존)과 성격 특질(예, 공격적인)이 제시되면, 그 인물이 어떤 사람인지에 대한 인상 형성을 하는 과제였고, 다른 하나는 녹음테이프로 제시되는 인도네시아의 지리와 경제에 대한 자료를 모니터하는 과제였다. 그들은 집단을 둘로 나누어서 한 집단은 이름 아래에 고정관념에 기초한 정보를 주었고(예, 존–공격적인, 스킨헤드), 다른 한 집단(예, 존–공격적인)은 그런 정보를 주지 않았다. 자, 결과는 과연 어땠을까?

　놀랍게도 고정관념에 기초한 정보(예, 스킨헤드)를 받은 집단이 그렇지 않은 집단보다 인상 형성 과제에서 제시된 사람들의 성격 특질을 더 잘 회상했으며, 녹음테이프로 제시된 4지 선다형 검사에서도 더 좋은 성적을 거두었다.

　이처럼 우리가 고정관념을 사용하면 정보를 빨리 처리할 수 있다는 장점이 있다. 그러나 주의해야 할 점은 그 안에서 놓쳐버리는 것도 발생한다는 사실이다. 우리가 어떤 고정관념을 가지게 되면, 그것과 일치하는 정보는 계속 받아들이고 그렇지 않은 정보는 무시해버리는 경향이 있다. 그런 과정을 통해서 고정관념은 더욱 강해지고, 사람들은 계속해서 자신이 지닌 고정관념이 옳다고 생각해 버린다. 혈액형과 성격에 대한 미신을 가지고 있는 것도 바로 그 때문이다.

　프랑스 작가인 사강이 쓴 《브람스를 좋아하세요?》라는 소설이 있다. 철없던 젊은 시절 나는 사강의 소설 제목을 흉내 내면서 처음 사람을 만났을 때 내가 친할 수 있는 사람인지, 그렇지 않은 사람인지를 판단하곤 했다. 내가 사람들에게 물어본 질문은 "모차르트를 좋아하세요?"였다. 대답이 "그렇다"고 나오면, 나는 마음속으로 몰래 그 사람에게 가위표를 그렸다. 지금도 나는 모차르트의 음악을 몇 곡만 제외하고는 별로 좋아하지 않는데, 그 시절에는 모차르트의 과도한 명랑함을 견디기 힘들었기 때문이다.

그러나 '모차르트'라는 잣대로만 상대방을 바라보면 나머지 부분들이 보이지 않게 된다. 모차르트를 좋아하는 사람이라고 할지라도, 나와 통하는 부분이 많을 수도 있기 때문이다.

홀과 카터는 77가지 행동들과 특질에서 남녀 간의 실제적인 성 차이와 사람들이 생각하는 성 차이 간의 정확성에 대한 상관관계를 측정한 후, 성 차이를 명확하게 평가하는 사람들의 심리적인 특성을 연구했다.[4]

연구 결과 남녀 간의 성 차이를 명확하게 지각하는 사람들은 고정관념을 덜 사용하며, '고정된 인지 유형' 또한 덜 가지고 있었다. 그리고 '대인 간의 민감성(interpersonal sensitivity)'이 더 높은 것으로 나타났다. 이 연구 결과는 강한 고정관념을 가지고 있는 사람들은 그렇지 않은 사람들보다 현상을 정확하게 인식하지 못할 뿐 아니라 인간관계를 맺을 때에도 다른 사람의 생각이나 감정을 잘 알아차리지 못한다는 것을 보여준다.

부정적인 고정관념 속에 담긴 부정적인 세상

부정적인 고정관념을 가지고 다른 사람을 바라보면, 부정적인 판단을 하게 된다. 이것을 연구하기 위해서 보덴하우젠은 미국인 피험자들에게 자신이 배심원이 되었다고 가정하게 했다.[5] 그는 집단을 둘로 나누어 한 집단에게는 피고의 이름을 스페인 이름으로 알려 주고, 다른 집단에게는 미국 이름으로 알려주었다. 그리고 범죄에 대한 증거 자료를 읽게 한 후, 피고가 얼마나 죄가 있는지를 판단하게 했다.

연구 결과, 피고의 이름을 스페인 이름으로 알고 있는 집단의 사람들은 미국 이름으로 들은 사람들보다 피고에게 더 많은 유죄 판결을 내린 것으로 나타났다. 우리가 예상했다시피 이것은 미국인들이 스페인계에 대해서 가지고 있는 부정적인 고정관념이 편파적으로 작용한다는 것을 보여준다. 범죄에 대해서 동일한 증거를 읽었지만, 피고가 어디 출신인지에 따라 판결이 크게 달라졌기 때문이다.

사람들이 고정관념을 가지고 다른 사람을 판단할 때는 두 가지 오류에 빠지게 된다. 첫 번째는 자신이 지닌 고정관념만이 옳다고 생각하는 것이다. 두 번째는 우리가 고정관념을 가지고 판단하는 것처럼, 상대방도 우리를 고정관념을 가지고 판단한다는 사실을 잊어버리는 것이다.

우리가 동일한 고정관념으로 항상 사물이나 사건 혹은 다른 사람을 인식한다는 것은 언제나 똑같은 방식으로 세상을 바라본다는 것을 의미한다. 때문에 부정적인 고정관념을 가진 사람은 긍정적인 사람과는 달리 동일한 사건을 경험해도 다른 세상을 바라보게 되는 것이다. 어쩌면 인간관계에서 일어나는 많은 갈등들이 부정적인 고정관념끼리 부딪히면서 생기게 되는 것인지 모른다. 부정적인 고정관념은 다른 사람을 판단할 때뿐만 아니라 자신의 행동에도 부정적인 영향을 준다. 여성들은 보통 아이를 낳고 나면 지적인 능력이 떨어진다는 고정관념을 가지고 있다. 그런 고정관념이 사람들의 행동에 어떤 영향을 미치는지 알기 위해서, 연구자들은 임신한 여성들을 대상으로 집단을 둘로 나누어서 과제를 수행하게 했다.[6]

과제를 수행하기 전에 첫 번째 집단에는 "임신이 기억과 과제 수행에 어떤 영향을 주는가를 알아보기 위해서 검사를 한다"고 하고, 두 번째 집단에는 아무런 설명을 하지 않고 과제를 하게 했다. 연구 결과, 첫 번째 집단의 여성들이 두 번째 집단 여성들보다 과제 수행점수가 훨씬 낮게 나타났다. 이 결과를 연구자들은 첫 번째 집단은 여성들은 임신하면 머리가 나빠진다는 부정적인 고정관념의 영향을 받았기 때문이라고 해석했다.

이처럼 사람들은 부정적인 고정관념을 가지고 있으면 실제의 능력과는 상관없이 그 관념에 따라 행동에 영향을 받는다. 우리가 좀 더 밝은 세상을 보고 싶다면 자신과 타인을 부정적으로 채색하는 고정관념을 제대로 다스리는 법을 배워야 한다.

사람들은 스스로 자유롭게 생각한다고 믿지만, 고정관념에 의해 생각하고 판단하는 경우가 많다. 고정관념으로 계속 생각하고 판단하다 보면, 그것은 더욱 굳건해지게 된다. 앞에서도 말했다시피 부정적인 고정관념은 부정적으로 세상을 바라보게 한다.

우리의 삶은 커팅 수를 헤아릴 수 없는 다이아몬드처럼, 무수하게 다양한 측면을 지니고 있다. 자신의 삶이 불만족스럽고, 주위에는 온통 못마땅한 사람들뿐이라면 자신이 어떤 부정적인 고정관념을 가지고 있는지 살펴볼 필요가 있다. 부정적인 고정관념을 변화시키면 당신의 삶은 마술처럼 변화될 것이다. 아래의 명상법과 심리적인 방법들은 당신에게 그 길을 안내할 것이다.

부정적인 고정관념을 녹이는 집중명상

당신의 마음이 항상 불만과 짜증으로 가득하다면, 삶에 대한 전반적인 태도를 돌이켜 보자. 그 이유가 해소되지 않은 감정 덩어리들이 남아 있기 때문인지, 아니면 삶에 대해서 기본적으로 가지고 있는 관념이 부정적이기 때문인지를 살펴볼 필요가 있다.

고정관념을 가진 사람들은 세상이 자신의 관념대로 돌아가야 된다고 생각한다. 만약에 그렇지 않으면, 마음에 고통을 느낀다. 그 때 집중명상을 하면서 스스로에게 물어본다. "이런 괴로움은 어디에서 오는가?" "세상 때문에 괴로운가?" "다른 사람 때문에 괴로운가?" 아니면 "내가 가지고 있는 고정관념 때문에 괴로운가?" 그 때 다시 스스로에게 물어본다. "지금 괴로움은 어디 있는가?"

나는 부디 당신이 괴로움의 장소를 찾아내길 바란다. 마음이 고요해지면 당신은 괴로움이 어디 있는지, 어디에서 만들어지는지 알게 될 것이다. 그 곳을 발견하면 당신은 평화와 자비의 마음으로 그 괴로움을 쓰다듬을 수 있을 것이다.

삶에 대한 부정적인 관념을 긍정적인 것으로 바꾸면, 당신의 삶은 지금부터라도 달라질 수 있다. 고정관념은 자기개념처럼 어린시절부터 무의식적으로 형성된 것이 많기 때문에 자신이 어떤 고정관념을 가지고 있으며, 그 고정관념에 얼마나 많이 영향을 받는지 알기가 쉽지 않다.

집중명상을 하면서 떠오르는 생각과 감정을 고요하게 한다. 어린시절을 돌이켜보면서 자신에게 일어난 중요한 일들을 떠올려본다. 상처를 받았거나 충격을 받았던 일을 떠올려본다. 그 일은 어떤 일이었는가? 언제 그 일이 일어났는가? 당신은 그 일을 통해서 어떤 결심을 하게 되었는가? 마찬가지로 슬펐던 일과 괴로웠던 일을 떠올려본다. 그런 일을 통해서 당신은 어떤 고정관념을 가지게 되었는가? 그런 고정관념은 현재 자신에게 어떻게 영향을 미치고 있는가?

집중명상을 하면서 당신이 하나의 커다란 양파가 되어 있다는 상상을 한다. 양파의 껍질이 하나씩 벗겨질 때마다 당신을 감싸고 있던 고정관념이 차례로 벗겨져나간다고 상상한다. 마치 꽁꽁 묶여진 밧줄에서 풀려나는 것처럼 당신의 고정관념들이 모두 한 꺼풀씩 벗어나는 상상을 한다. 마지막 껍질이 다 벗겨지고 나면 당신은 가슴에 밝은 빛으로 가득 찬 한 송이 꽃으로 탄생한다고 그려본다.

부정적인 고정관념을 벗어나는 지혜명상

매 순간을 의식적으로 자각하지 않는 한, 우리는 계속 고정관념으로 다른 사람, 사물, 상황을 바라보게 된다. 그것은 실제의 모습이 아니라 우리가 보고 싶은 모습을 보는 것에 불과하다. 처음 만나는 것처럼 매 순간 신선하고 새롭게 바라보는 것, 그것은 자신의 생각과 감정을 알아차릴 때만 가능하다.

그렇다면 지혜명상을 하면 우리의 사고 특성에는 어떤 변화가 일어날까? 연구자들은 한 달 동안 훈련을 하는 지혜명상 집단과 '신체 이완훈련' 집단, 그리고 아무것도 하지 않는 통제집단, 이렇게 셋으로 나누었다.[7] 그리고 한 달이 지난 후에 심리적인 고통, 긍정적인 기분 상태, 그리고 반추적인 사고(습관적으로 계속해서 곱씹는 사고)에서 어떤 차이가 있는가를 보았다.

그 결과 지혜명상 집단과 이완훈련 집단 모두 통제집단에 비해서 심리적인 고통은 감소하고, 긍정적인 기분 상태는 증가한 것으로 나타났다. 그리고 지혜명상 집단은 이완훈련 집단과는 다르게 통제집단보다 반추적인 사고가 감소한 것으로 나타났다.

많은 사람들이 마음의 고통을 느끼는 이유 중 하나는 과거에 경험했던 부정적인 기억을 계속 떠올리기 때문이다. 이것은 자동적으로 일어나기 때문에 우리가 알아차려야만, 멈추거나 긍정적인 사고로 전환할 수 있다. 그것을 알아차리지 못하면 현재 경험하는 새로운 사건을 예전의 부정적인 기억에 덧붙이게 된다.

지혜명상은 매 순간 자신의 생각과 감정을 알아차림으로써 삶을 새롭게 만나게 한다. 매 순간 자신의 생각과 감정을 알아차릴 때, 우리는 습관적인 사고방식에서 벗어나서 새로운 방식으로 세상을 바라볼 수 있다.

만약에 당신이 직장생활을 하는 사람들이라면, 회의 시간에 안건을 낼 때, 자신의 생각을 알아차려본다. 그 생각이 고정관념에 의한 것인지, 새로운 접근 방식에 의한 것인지를 알아차린다. 당신을 거슬리게 하는 사람이 있을 때, 그 사람에 대해서 어떤 생각과 감정이 떠오르는지 알아차린다. 알아차리는 힘이 강해지면 당신은 점차 고정관념에 의한 생각과 있는 그대로 보는 생각을 구별할 수 있게 될 것이다.

노는 힘, 역발상의 즐거움

두 살 위의 형이 있는데 공부 잘하는 모범생이다. 형과 비교했을 때 난 특별히 잘하는 게 없었다. 제대할 무렵 '뭘 하고 살아야 할 까' 고민하며 친구들에게 내 장기를 물었더니 "없다"고 하더라. 그러면서 친구들이 "넌 성격은 좋아"라고 했다. 거기서 착안, 제대하면서 '닥터 노의 성격 클리닉'을 창업했다.

고민 있는 사람들과 대화를 해주고 돈을 받는 아이템이었다. 군대 말년 휴가 나오면서 '닥터 노의 성격 클리닉' 전단을 만들어 친구들에게 여기저기 붙이라고 시켰는데 진짜 여기저기서 연락이 오는 것이었다. 다양한 사람들을 만나 이야기를 들어주고 재미있게 대화를 하고 돈도 벌었다.

처음 시도한 사업이 잘 되니까 내친 김에 과외에도 도전했다. 틈새시장을 노려 '꼴찌들아 나랑 같이 시작해 볼래?'라는 내용의 전단지를 붙였다. 어차피 나는 실력이 안 돼 꼴찌들이 아니면 가르칠 수도 없었는데, 꼴찌들의 엄마들이 광고를 보고 움직인 것이다. 그 때 경기가 안 좋았을 때였는데 카이스트 다니던 우리 형보다도 내게 더 연락이 많이 왔다. 내가 원래 노는 것을 좋아해 공부도 공부지만 애들하고 잘 놀아줬는데 그 과정에서 어쩌다 보니 꼴찌들의 성적이 오르는 것이었다. 그때 '재미있는 과외 선생님'이라고 잡지에도 나왔다.[8]

집에 텔레비전을 두지 않아서 나는 개그맨이나 오락 프로그램에 대해서 잘 알지 못한다. 그런데 위의 기사를 읽고 나서 개그맨 노홍철에 대해서 관심을 가지게 되었다. 노홍철이 부정적인 고정관념으로부터 얼마나 자유로운 사람인가를 알 수 있었기 때문이다.

그는 자기보다 공부를 잘 하는 형이 있었지만, 형과 비교하면서 괴로워하지 않고 자신만의 특기를 발견해서 살려간다. 사람들은 보통 상담을 하려면 자격증이 있어야 한다는 고정관념을 가지고 있지만, 그는 과감하게 '닥터'라는 이름을 붙이고 다른 사람들의 고민을 상담했다. 마찬가지로 대부분의 사람들은 학생들에게 과외를 가르치려면 실력이 뛰어나야 한다는 고정관념을 가지고 있지만, 그는 그것을 깨고 꼴찌들을 대상으로 가르쳤다. 그는 인터뷰의 마지막에서 다음과 같이 말했다.

난 무조건 하고 싶은 것, 재미있는 것을 하고 살 거다. 이렇게 말하면 철없다 하겠지만 이렇게도 살아가는 사람이 있음을 보여주고 싶다.

노홍철의 독특성은 어디서 나오는 것일까? 나는 '잘 노는 힘'에 있다고 본다. 그렇다면 잘 노는 사람들은 과연 어떤 강점을 가지고 있을까? 또 CEO(최고경영자)들은 그들을 어떻게 평가할까?

우리나라 CEO를 대상으로 조사한 결과를 살펴보면, 그들 중 81.1%가 인재를 채용할 때 잘 노는 사람을 선호한다고 답변했다. 그 이유 중 실제 경영 업무에서도 '잘 노는 것'이 도움이 된다는 응답이 95.2퍼센트로 나타났고, 놀이의 장점은 다양하고 색다른 경험으로 창의성이 자라게 하고(47.2퍼센트), 놀이하듯 즐길 때 아이디어가 샘솟는다고 말했다(10.3퍼센트). 그리고 놀이를 통해 발상의 전환이 이루어진다(6.5퍼센트)고 보았다.[9] 즉 노는 것이 참신한 아이디어에 도움이 된다는 것이다.

누구나 잘 놀면 즐겁고 유쾌해진다. 재미있는 사실은 사람들이 유쾌한 기분을 느끼면 창의성이 증가한다는 것이 연구 결과로 증명되었다는 것이다. 연구자들은 작업집단을 셋으로 나누어서 유쾌한 기분, 중성적인 기분 혹은 불쾌한 기분을 느끼게 유도한 후 과제를 수행하게 했다.[10] 그 결과 유쾌한 기분을 느낀 집단은 다른 집단들보다 창의적인 수행과 효율성이 증가한 것으로 나타났다. 즐겁고 유쾌한 기분이 창의성을 증가시킨다는 연구는 이 밖에도 많이 소개되고 있다.

우리나라 CEO나 임원진들은 새로운 아이디어가 필요할 때 직원들을 다그치거나 호통 치는 경우가 대부분이다. 그러나 그렇게 불쾌한 기분을 유발하면, 직원들이 창의적인 생각을 하는데 전혀 도움이 되지 않는다. CEO인(혹은 팀장인) 당신이 직원들의 창의성과 상상력을 자극하고 싶다면, 그들을 호통 치기보다는 어떻게 하면 그들에게 더욱 유쾌하고 즐거운 근무환경을 제공해 줄 수 있는지 고민해야 한다.

만약 당신이 회사에서 창의적인 성과를 내도록 압력 받는 위치에 있다면, 그런 일이 있을 때 더 이상 불쾌한 기분에 빠지지 않고 유쾌한 기분으로 전환시킬 수 있는 힘을 길러야 한다. 자신만의 비법을 개발해서 적절한 상황에서 재빨리 활용할 줄 아는 사람, 그런 사람만이 진정한 승리를 거머쥘 수 있다. 자, 그럼 여기서 잠시 질문을 던져보겠다.

"당신은 무엇을 하면, 혹은 어떤 생각을 하면 즐겁고 유쾌해지는가?"

확산적인 사고방식을 가져라

문제를 해결하는 과정에서 우리가 선택할 수 있는 사고방식은 두 가지다. 최적의 답을 찾는 '수렴적인 사고'와 다양한 해결책을 찾는 '확산적인 사고'가 그것이다.

우리가 사는 사회는 주로 수렴적인 사고방식을 강조하는 경향이 있다. 그러나 삶에는 안정과 변화라는 두 축이 모두 필요하듯이 당연히 확산적인 사고방식도 필요하다.

미국의 심리학자 길포드는 확산적인 사고방식에는 사고의 독창성과 융통성이 포함되며, 창의성과 밀접한 관련이 있다고 했다.[11] 확산적인 사고방식은 고정관념을 넘어서 다양한 방식으로 생각하는 데서 출발한다. 자, 그럼 여기서 우리가 확산적인 사고력을 얼마나 가지고 있는지 간단히 테스트(검사)해보기로 하자.

서울에서 부산으로 가려고 한다. 갈 수 있는 방법은 몇 가지가 있을까? 우선, 비행기, 기차, 고속버스, 그리고 승용차를 타고 가는 네 가지 방법이 있을 것이다. 그러나 이렇게 생각해 보면 어떨까? 고속버스를 타고 유성에 내려서 계룡산에 갔다가, 다시 고속버스를 타고 부산으로 간다. 혹은 비행기를 타고 제주도에 갔다가 배를 타고 부산으로 간다. 또 이런 방법은 어떨까? 비행기를 타고 강릉에 가서 호텔에서 숙식하면서 한 달 동안 단편 소설을 완성한 후, 비행기를 타고 부산으로 간다. 어떻게 보면 위의 답변들은 단순해 보일지도 모른다. 그러나 중요한 것은 질문의 틀에 갇히지 않는 것이다. 그렇게 한다면 그 답은 무궁무진할 것이다.

다음은 일상에서 확산적인 사고방식을 기를 수 있는 방법들이다. 먼저, 점심시간에 동료들과 사고게임을 해본다. 전혀 상관이 없어 보이는 두 가지 대상을 두고, 둘 간의 공통점 열 가지를 찾아보는 것이 하나의 예다.

몇 년 전 방영되었던 드라마 〈파리의 연인〉에서는 '연애와 마라톤의 공통점'에 대한 다음과 같은 대사가 나온다. "심장이 터질 것 같다, 많이 외롭다, 평생 한 번도 못해보고 죽을 수 있다, 용기가 없으면 시작도 할 수 없다, 나 자신을 사랑하게 된다, 한눈 팔면 망한다, 그리고 상처 입을 수 있다."

두 번째는 새로운 방식으로 사물을 바라보는 연습을 해본다. 하나의 주제를 정해서 그것에 대한 답을 여러 각도에서 생각해보는 것이다. 나의 지인 중에는 창의성이 뛰어난 사람이 있는데, 그 사람은 '내가 마시고 싶은 물'이라는 주제에 대해서 100가지 이상의 대답을 할 줄 안다.

마지막으로 다양한 감각기관을 통해서 정보를 받아들이는 연습을 해본다. 우선적으로 사용하는 감각기관이 무엇인가에 따라 사람들은 시각형, 청각형, 체감각형으로 나뉜다. 만약에 당신이 시각형이라면 청각이나 신체감각을 통해서 들어오는 정보에 초점을 두고 느껴보는 연습을 해보자.

긍정적인 피그말리온

지금부터 나는 두 사람에 대해서 말하고자 한다.

첫 번째 사람은 두 살 때 부모님이 이혼해서 어머니를 따라갔지만, 재혼한 어머니가 다시 파경을 맞은 후 외조부모와 함께 살았다. 10대에 자신의 정체성에 대해서 고민을 하다가 대마초와 코카인에 빠지기도 했다.

두 번째 사람은 초등학교 3학년 작문시간에 '나의 꿈'이라는 주제에 대해서 '나의 꿈은 미국 대통령'이라고 썼다. 이후에 컬럼비아 대학을 거쳐 하버드 로스쿨을 졸업하고, 일리노이 주의 상원의원으로 활동했다.

글을 읽으면서 짐작했겠지만 위의 두 사람은 동일인물인 미국 44대 대통령 버락 오바마다. 방황하던 10대에 마약까지 하던 그가 어떻게 미국 역사상 최초로 흑인 대통령이 될 수 있었을까? 여러 가지 이유가 있겠지만, 나는 그가 어린 시절에 미국 대통령이 되겠다는 긍정적인 피그말리온을 심었기 때문이라고 본다.

그리스 신화에 나오는 피그말리온은 뛰어난 조각가였다. 그는 자신이 조각한 아름다운 조각상을 보고 반해서 조각상과의 사랑이 이루어지기를 간절히 기원했다고 한다. 그리고 그의 소원을 들은 사랑의 신 아프로디테가 조각상을 인간으로 변화시켜주었다.

심리학에서 말하는 '피그말리온 효과'는 이처럼 사람들이 기대하거나 믿는 것이 실제로 이루어지는 효과를 말한다.

이 효과를 검증하기 위해서 연구자들은 미국의 한 초등학교에서 학습능력 예측 검사를 했다.[12] 실제로 그 검사는 일반적인 지능검사였지만, 담임선생님에게는 앞으로 몇 달 이후에 성적이 오를 학생을 뽑기 위한 검사라는 설명을 했다.

검사를 한 후 그들은 담임선생님에게 검사결과와는 상관없이 무작위로 뽑은 학생들의 명단을 주면서, 이 학생들이 앞으로 성적이 크게 오를 것이라는 말을 했다. 놀랍게도 무작위로 명단을 뽑아서 보낸 학생들이 실제로 몇 달이 지난 후 우수한 성적을 보인 것으로 나타났다. 즉 담임선생님이 그 학생들에게 가진 긍정적인 고정관념이 성적에 영향을 미친 것이다.

이처럼 부정적인 고정관념을 가지느냐, 아니면 그것으로부터 자유로우냐에 따라 사람들은 완전히 다른 결과를 만들어낸다. 특히 부정적인 고정관념으로부터 자유로운 사람은 새로운 것을 창조하며, 머리가 아니라 가슴에서 나오는 직관으로써 통찰력을 발달시킨다. 그리고 자신이 가지고 있는 생명력의 힘을 믿고, 새로운 삶의 흐름을 만들어간다.

💗 **긍정적인 피그말리온을 뿌리는 방법** ··

1. 매일 아침 거울을 보고, 자기를 칭찬하고 격려해준다.

2. 자기의 꿈과 비전을 적어두고, 매일 꺼내어서 읽는다.

3. 소망 지도를 만들어 두고 시간이 날 때마다 바라보면서, 이루어진다는 상상을 한다. 소망 지도에는 자신이 원하는 것들이 사진이나 글로

모두 담겨져 있다.

4. 삶에서 하고 싶은 일 100가지를 적어서 책상 앞에 붙여둔다. 하나씩
   이룰 때마다 스스로에게 축하를 해준다.

호기심, 삶을 새롭게 만나는 법

영화 〈사랑의 블랙홀〉은 매일 똑같은 하루가 반복되는 삶을 맞이
하는 사람이 반복의 덫을 어떻게 극복했는가를 상징적으로 보여
주는 영화다. 텔레비전 방송의 기상 통보관인 주인공 필 코너스
는 매년 2월 2일에 개최되는 성촉절을 취재하기 위해서 펜실베
니아의 펑추니아 마을로 간다.

취재를 마친 후 다음 날 호텔에서 눈을 뜬 필은 어제와 똑같은
라디오 방송 멘트를 듣게 되고, 분명히 성촉절 취재를 마쳤음에
도 불구하고 어제가 똑같이 반복되는 것을 보고 놀란다. 다음 날
에도 또 그 다음 날에도 같은 날이 반복되는 것을 경험한 필은 견
디지 못해서 자살까지 시도하지만, 똑같은 날이 반복되는 악몽
을 피할 수 없었다.

갖가지 시도를 하다가 지친 필은 결국 매일 똑같은 날이 반복
되는 상황을 겸허하게 받아들이기로 한다. 그는 지나간 하루를
보낸 경험으로 무슨 일들이 일어날지 알고 있기 때문에, 그것을

통해서 조금씩 다른 사람들에게 도움이 되는 행동을 한다. 이기적이고 냉소적이었던 필의 성격은 점차 밝고 따스한 쪽으로 변한다. 마침내 필은 사랑하는 여자의 사랑을 얻은 다음 날, 그토록 기다리던 어제와 다른 내일을 맞이하게 된다.

때때로 우리의 삶은 지루하고 권태롭게 느껴진다. 그 이유는 나날이 새로운 하루이지만, 우리는 어제와 똑같은 오늘로 인식하기 때문이다. 마찬가지로 새로운 사람이나 새로운 상황을 만나도 우리는 고정관념을 가지고 그들을 비슷하게 인식해버린다.

〈사랑의 블랙홀〉은 우리가 삶을 어떻게 받아들일 때 축복이 일어나는가를 생생하게 보여준다. 삶에 대한 부정적인 고정관념을 벗어나는 한 가지 방법은 삶의 다양한 측면에 주의를 기울이는 것이다. 사람들은 보통 멜로디가 서정적이고 아름다운 라흐마니노프의 피아노 협주곡 2번을 들을 때 피아노 소리에만 집중한다. 그러면 그것을 20번이나 들어도 매번 똑같이 들린다. 어떤 때는 바이올린 소리에 집중을 해 보고, 오보에 소리에 집중해본다. 그렇게 하면 항상 똑같이 들리던 그 곡이 완전히 다르게 들릴 것이다.

당신이 고정관념을 버리는 것은 습관적인 사고방식을 버리는 것이다. 당신이 만약에 그것을 버릴 수 있다면, 당신의 삶은 밝게 활짝 피어나게 될 것이다. 그리고 그것은 삶에 대한 끊임없는 호기심을 가질 때 가능하다.

1. 새로운 취미활동을 시작해본다 : 춤, 운동, 그림, 악기, 외국어, 바둑 등 우리가 배울 수 있는 취미들은 많이 있다. 새로운 것을 배우면 우리의 뇌에는 새로운 신경연합이 생기게 되고, 뇌는 더욱 건강해진다. 새로운 것을 배우면 우리는 마치 어린아이처럼 삶에 대한 호기심이 가득 차게 된다.

2. 다양한 문화를 즐긴다 : 많은 사람들이 비싼 음악회를 가야만 문화를 즐긴다고 생각하는 경향이 있다. 문화는 일상생활과 동떨어진 것이 아니다. 생활에서 사소한 즐거움을 누리는 것, 나는 그것이 문화를 즐기는 것이라고 생각한다. 며칠 전 백화점에서 세일할 때 5000원을 주고 산 머그잔은 내가 녹차를 마실 때마다 지극한 기쁨을 준다.

3. 주말마다 새로운 요리를 해 본다 : 같은 재료를 가지고도 어떻게 요리를 하느냐에 따라 음식은 달라진다. 음식을 만들 때 새로운 방식을 시도해 본다. 인터넷을 검색해 보면 다양한 요리법을 찾을 수 있다. 이것은 특히 요리를 할 줄 모르는 남자들에게 권장하고 싶은 방법이다.

4. 산책을 하면서 느긋하게 세상 풍경을 즐겨본다 : 사람들은 항상 보는 풍경만 보고 다니기 때문에 회사나 집 근처에 이런 가게들이 있었는지 놀랄 때가 있을 것이다. 당신은 가까운 전철역에서 집까지 나무가 몇 그루 있는지 아는가?

4장

분노 다이어트

喜怒哀樂之未發을 謂之中이요
發而皆中節은 謂之和니
中也者는 天下之大本也요
和也者는 天下之達道也니라

기뻐하고 노여워하고 슬퍼하고 즐거워하는 것이
일어나지 않은 것을 중이라고 하고,
일어나서 모두 절도에 맞는 것을 화라고 하니,
중은 천하의 큰 근본이요, 화는 천하의 공통된 도다.

―중용

뜨거운 감자, 분노

직장인 5명 중 4명꼴로 직장생활을 하면서 인간관계나 과다한 업무 등으로 화병을 앓아본 적이 있다는 설문 결과가 나왔다. 직장인 1678명을 대상으로 '직장생활을 하면서 화병을 앓아본 적이 있는가'라고 설문한 결과, 83.4퍼센트가 '있다'고 응답했다.

화병의 이유로 이들은 '직장 내 인간관계에 따른 갈등 때문에(51.9퍼센트)' '과다한 업무로 인한 스트레스 때문에(36.3퍼센트)'라고 밝혔다. 직장인들은 화병의 증상으로(복수응답) '짜증과 신경질이 잦거나(65.6퍼센트)' '가슴과 얼굴에 열이 치밀어 오르고(46.4퍼센트)' '가슴이 답답하고 숨이 막힌다(40.1퍼센트)'고 답했다. 특히 이들 중 32.4퍼센트는 화병으로 말미암아 회사를 그만둔 적이 있는 것으로 조사됐다.[1]

분노는 우리가 일상생활에서 흔하게 경험하는 불쾌한 감정이다. 어떤 일에서건 지금 당신이 화가 났다면, 당신의 분노가 무엇을 말하려고 하는가에 귀를 기울일 필요가 있다. 분노는 우리에게 현 상황에 어떤 문제가 있다는 것을 알려주는 신호이기 때문이다.

분노는 맛있게 먹고 싶지만, 너무 뜨거워서 먹을 수가 없는 '뜨거운 감자'와 같다. 누구나 분노를 조절하고 싶어 하지만, 분노의 강한 에너지는 좀처럼 조절하기 쉽지 않기 때문이다.

여기서 잠시 우리가 이 장을 본격적으로 들어가기 전에 알아두어야 할 점이 있다. 그것은 사람들이 보통 부정적으로 바라보는 분노나 불안, 두려움과 같은 감정들이 원시시대부터 인간이 환경에 적응하기 위해서 발달시켜온 것이라는 사실이다. 만약 힘들게 사냥을 해서 먹잇감을 겨우 구해왔는데 누군가가 갑자기 나타나서 그것을 가로채버렸을 때 원시인이 분노를 느끼지 않는다면 어떤 일이 벌어졌을까? 상황은 조금 다르겠지만, 당신이 낸 아이디어를 다른 사람이 가로챘는데도 불구하고 분노를 느끼지 않는다면 어떻게 될까?

원시인이든 현대인이든 자신의 것을 빼앗겼음에도 분노를 느끼지 않고 아무런 행동도 취하지 않는다면, 현실의 자원이 한정되어 있는 이상 살아남을 확률은 희박하다.

이처럼 분노는 우리가 '생존'을 위협하는 대상을 만났을 때 싸울 태세를 갖추게 함으로써 생존과 적응에 도움이 되는 측면이 있다.

날 감자가 뜨거운 감자로 변하는 과정

그럼, 왜 분노가 문제가 되는 것일까? 그것은 '표현하는 방법' 때문이다. 분노를 표현하는 방법은 바로 '뜨거운 감자'를 먹는 법과 관련 있다. 만약 감자가 뜨겁다고 해서 아무데다 놓아 버리거나, 사정없이 고함을 지르거나, 혹은 감자가 뜨거운 것이 상대방 탓이라고 생각하면서 상대방에게 감자를 던진다고 상상해보자. 과연 어떤 일이 일어날까?

우선 당신 주변이나 당신과 상관없는 낯선 사람에게 피해를 주게 되면서, 그들의 반발을 불러일으킬 것이다. 혹은 '뜨거운 감자'를 쥐고 고함만 치는 당신을 한심하다는 눈으로 쳐다볼 수도 있다. 아니면 당신이 상대방에게 던진 뜨거운 감자가 다시 당신에게 돌아올 수 있다. 그 감자를 받은 당신은 또 감자를 던지게 되고, 어쩌면 감자가 으깨어질 때까지 이 과정은 반복될 것이다.

그래서 대부분의 사회는 '감정의 표현 규칙'을 정해두고 있다. 이것은 '장례식장에서는 슬픔을 표현해야 한다'와 같이 어떤 상황에서 어떤 감정이 어떻게 표현되어야 한다는 규칙을 말한다.

어느 사회이건 간에 유난히 분노의 표현 규칙을 강조하는 이유는 분노가 지닌 파괴적인 힘 때문이다. 사람들이 분노를 느낀다고 해서 모두 공격적인 행동을 하는 것은 아니지만, 충동적인 공격행동에는 분노가 관련 있기 때문이다.[2]

그러면 우리는 '뜨거운 감자'를 어떻게 다룰 것인가? 아예 감자를 먹지 않을 것인가? 감자가 식고 나면 먹을 것인가? 아니면 감자를 적당하게 익혀서 먹을 것인가? 그것을 알기 위해서 '날 감자'가 어떻게 해서 '뜨거운 감자'가 되는지를 살펴보도록 하겠다.

우리가 분노를 느끼는 과정을 설명하는 관점은 두 가지가 있다. 먼저 불쾌한 사건으로 생긴 감정이 공격과 관련된 경향성으로 활성화되면 분노가 경험된다는 벌코비츠의 관점이다.[3]

그는 어떤 불쾌한 사건이 부정적인 감정을 일으키는 것을 일차연합반응이라고 했다. 그런 상태에서 우리는 구체적인 감정을 경험하지는 않는다. 그는 그 상태에서 사고가 개입해서 공격과 관련된 경향성(공격과 관련된 행동반응, 생리적인 반응, 생각과 기억)들이 활성화되면 분노가, 회피와 관련된 경향성이 활성화되면 공포가 생긴다고 보았다.

다음은 불쾌한 사건이 일어났을 때 생리적인 각성과 적대적인 생각을 일으키는 감정상태가 분노라고 본 노바코의 관점이다.[4] 그는 여기서 불쾌한 사건 자체가 분노를 일으키는 것이 아니라, 그것을 어떻게 해석하느냐가 분노의 중요한 요소라고 했다.

두 가지 관점 모두 설명하는 방식은 다르지만, 공통적으로 분노는 불쾌한 사건을 통해서 유발되며, 사람들의 '인지'가 중요한 역할을 한다고 본다. 이 두 가지 관점을 통해서 우리는 분노를 조절하기 위한 맥을 어디서 잡는 것이 효과적인지를 예상할 수 있다.

뜨거운 감자를 다루는 법

회사에서는 업무성과를 높이기 위해서 직원들을 다양한 방법으로 관리한다. 어떤 회사에서는 분 단위까지 계산해서 업무수행에 대한 보고서를 매일 제출하게 하는데, 그런 엄격한 근무 규칙은 직원들의 분노를 초래할 수 있다. 사람들은 구속을 받는다고 느낄 때 분노를 느끼기 때문이다.[5] 이밖에도 사람들은 자존심이 손상당했다고 느끼거나 자신의 기대가 충족되지 않았다고 느낄 때, 그리고 욕구가 좌절되거나 자신의 신념에 어긋나는 일이 생길 때도 분노를 느낀다.

우리가 분노를 느낄 때는 심장박동이 빨라지고, 호흡이 가빠지며, 얼굴이 달아오르는 듯한 느낌과 같이 강한 신체적인 변화를 경험한다. 그리고 분노를 유발한 사람을 말이나 행동으로 공격하고 싶은 생각들이 떠오른다. 이 때 분노를 제대로 조절하지 못하면, 상대방을 공격하는 행동이 밖으로 표현된다.

사람에 따라 유난히 분노를 잘 느끼는 사람이 있고, 그렇지 않은 사람이 있다. 그렇다면 분노를 잘 느끼는 사람들은 그렇지 않은 사람과 비교했을 때 어떤 차이를 보이는 것일까? 연구자들은 성인을 대상으로 특성분노 척도(개인의 분노 성향을 측정하는 것으로, 분노를 잘 느끼는 사람과 그렇지 않은 사람을 구분하는 척도)를 실시했다.[6] 그런 후 최근에 경험한 분노 에피소드를 적은 후, 분노의 유발자극, 분노를 느꼈을 때의 생각, 분노의 표현방법, 그리고 분노의 결과들을 보고하게 했다.

연구 결과 특성분노 수준이 높은 사람들은 낮은 사람들보다 일상생활에서 더 많이, 강하게 그리고 오랫동안 분노반응을 나타냈으며, 부정적인 생각들을 더 많이 하는 것으로 나타났다. 그리고 신체적인 공격성과 부정적인 언어반응을 더 많이 경험하는 것으로 나타났다. 이 연구 결과는 분노를 잘 느끼는 사람은 그렇지 않은 사람에 비해서 분노표현을 많이 하며, 그에 따른 부정적인 결과들도 다양하게 경험한다는 것을 시사한다.

우리가 분노를 경험하면 몸 안에 아드레날린과 노르아드레날린이 분비되는데, 이 두 가지 생화학물질은 긴장과 흥분을 하게 해서 혈압과 심장 박동에 영향을 준다. 그래서 분노는 고혈압, 심혈관계 질환, 그리고 심지어 암을 일으키는 데 영향을 준다는 연구 결과들이 있다. 뿐만 아니라 우리가 분노를 느낄 때는 분노를 유발한 대상에 대해서 반추(되새김질)를 하기 때문에 일의 능률이 떨어진다.

그렇다면 건강한 삶을 위해서 분노를 밖으로 표현하는 것이 좋을까? 아니면 안으로 억제하면서 삭히는 것이 좋을까? 다음 연구가 해답을 줄 것이다. 연구자들은 신체적으로 건강한 남성 전문직 종사자들을 대상으로 분노표현 척도(분노표현 수준이 높은 사람과 낮은 사람들 구분하는 척도)에 자신의 분노표현 정도를 평가하게 한 후, 2년 동안 동일한 사람들을 대상으로 추적 조사를 했다.[7]

연구 결과 분노표현 수준이 중간인 남성들은 낮은 수준의 남성들과 비교해서 심근경색의 위험이 낮은 것으로 나타났다. 그리고 분노표현 수준이 높은 남성들은 낮은 수준의 남성들과 비교해서 뇌졸중의 위험이 높은 것으로 나타났다. 이 연구 결과를 통해 분노표현을 강하게 하는 것이 건강에 가장 좋지 않으며, 분노표현을 억제하는 것도 건강에 도움이 안 된다는 것을 알 수 있다. 즉 화가 났을 때는 참지만 말고 어느 정도 표현을 하면서 사는 것이 건강에 도움이 된다는 것이다.

많은 사람들이 분노는 저절로 일어나고, 통제할 수 없는 감정이라고 생각한다. 만약 그렇게 생각한다면 우리는 항상 분노의 노예가 될 수밖에 없다. 어느 측면에서 본다면, 분노는 우리 마음에서 일어나는 하나의 감정일 뿐이다. 무엇보다 분노를 제대로 다루는 방법을 아는 것은 우리 자신을 위해서 꼭 필요한 일이다.

분노의 패턴을 녹이는 자비명상

사람들은 보통 분노를 표현하고 나면 후회할 때가 많고, 표현하지 않으면 통로를 찾지 못한 분노 에너지 때문에 몸과 마음에 문제가 생기기 쉽다. 당신이 느끼는 분노에 책임을 질 때 비로소 분노를 다룰 수 있게 된다.

분노를 조절하지 못해서 힘든 사람들은 지금부터 분노의 다이어트를 시작해 본다. 지금부터 말하는 명상법들은 분노를 감싸 안으면서 흘려버리는 방법들이고, 심리적인 방법들은 분노를 다스리는 방법들이다.

집중명상은 고요하고 평화로운 마음을 길러준다. 집중명상을 하면서 어린 시절부터 지금까지 살아오면서 상처받았던 기억을 떠올려 본다. 어떤 일들이 있었는가? 터무니없는 비난을 들은 적이 있거나, 부당한 대우를 받은 적이 있었을지 모른다. 그 때 어떤 생각과 감정을 느꼈는가? 어떻게 행동하고 싶었는가? 그 때 일어났던 일이 지금 당신에게 어떤 영향을 미치는가?

제대로 표현되지 못하고 응어리진 분노는 하나의 패턴이 되어서 당신이 화나는 일이 생길 때마다 작용한다. 패턴이 된 분노는 분노를 촉발하는 일이 생길 때마다 당신으로 하여금 더 큰 분노를 초래한다. 그런 경우 현재 일어난 일뿐만 아니라 지금까지 제대로 표현되지 못했던 분노까지 뭉쳐서 드러나게 된다.

그럴 경우 내면에 깊이 자리하고 있는 분노의 패턴을 녹이는 작업이 필요하다. 집중명상을 하면서 분노에 사로잡히게 한 사람을 떠올리면서 그 사람에게 하고 싶은 말을 한다. 그 때 당신이 얼마나 힘들었고 상처받았는지를 편안하게 말한다.

하고 싶은 말을 모두 한 후 그 사람의 심정을 한번 느껴본다. 여기까지 사람들마다 걸리는 시간이 다를 수 있다. 내면에서 그 사람을 마주하고 싶을 때까지, 계속 당신의 분노를 풀어내는 작업을 한다.

그 사람은 왜 당신에게 그런 말과 행동을 했을까? 다른 사람에게 상처와 아픔을 주고 있는지 모르면서, 그렇게 말하고 행동하는 그 사람에 대해서 연민의 마음을 가져 본다. "그 사람은 어떤 상처와 아픔이 있어서 그것을 잘 승화시키지 못하고 다른 사람을 그렇게 대하는 것일까?"

아직도 어리석음 속에서 헤매고 있는 그 사람을 측은한 마음으로 안아주는 상상을 한다. 그리고 그 사람에게 한 아름의 장미꽃 다발을 안겨주는 상상을 하면서, 우주의 무한한 사랑과 축복을 보낸다. 그 순간 당신의 가슴속 깊이 자리하던 분노의 패턴은 서서히 녹아내리기 시작할 것이다.

명상을 시작한 후 어느 날, 나는 상처받은 사람이라는 환상에서 갑자기 깨어났다. 정신을 차리고 보니, 그동안 나 또한 다른 사람에게 많은 상처를 준 사람이었던 것이다. 항상 딱딱하게 굳어 있던 나의 얼굴 표정이 그때부터 조금씩 부드러워지기 시작했다.

어릴 때 〈무도회의 수첩〉이라는 영화를 본 적이 있다. 여자 주인공은 어느 날 젊은 시절 무도회에서 일어난 일을 기록해 두었던 낡은 수첩을 찾게 된다. 추억에 잠긴 그녀는 수첩 속에 적힌 남자들을 차례로 찾아 나서는데, 나 또한 그녀처럼 그동안 내가 상처를 준 사람들을 한명씩 찾아가서 사과하고 싶은 심정이었다. 대신 나는 매일 밤 명상을 하면서 그들에게 사과와 사랑을 보낸 적이 있다. 이후 나는 다른 사람들의 말과 행동을 보면서 언젠가 다른 사람에게 그렇게 말하고 행동했을지 모를 자신을 떠올렸다. 그래서 나를 함부로 비난하고, 모함하는 사람들을 더 이상 가슴에 담아두지 않고 모두 흘려보낼 수 있었다.

물론 당신에게 일방적으로 상처와 아픔을 준 사람도 있을 것이다. 지금도 당신은 엄청난 분노에 시달리고 있을지 모른다. 나는 당신에게 쉽게 용서하라고 말하고 싶지는 않다. 대신 용서할 수 없다면 흐르는 물처럼 흘려보내라고 말하고 싶다. 분노는 당신의 촉촉한 가슴을 메마르게 하고, 도처에 존재하는 삶의 아름다움을 보지 못하게 가로막는다. 분노로 가득 채우기에는 당신의 삶은 너무 소중하다.

자비명상이 몸과 마음의 건강에 도움이 된다는 연구가 있다. 연구자들은 만성요통 환자들을 대상으로 집단을 둘로 나누어서 한 집단은 8주 동안 자비명상을 하게 하고, 다른 한 집단은 표준적인 간호를 받게 했다.[8] 그리고 그들은 연구를 하기 전과 후에 사람들의 통증, 분노, 그리고 심리적인 고통을 측정했다.

연구 결과 8주가 지난 후에 자비명상을 한 집단은 표준적인 간호를 받은 집단에 비해서 통증과 심리적인 고통을 덜 느끼는 것으로 나타났다. 그리고 사람들이 자비명상을 많이 한 날 허리의 통증을 덜 느끼며, 그 다음 날 분노를 적게 느끼는 것으로 나타났다.

자비명상은 당신의 마음에 자비가 자라게 한다. 매일 밤 잠들기 전 그 날 당신의 마음을 불편하게 했던 사람들을 떠올리면서 자비명상을 하면, 당신의 마음에는 점차 자비의 나무가 자라난다. 그 나무에게는 당신이 매일 하는 집중명상이 태양이며, 바람이며, 빗물이다. 잎이 무성한 자비의 나무는 심술이 난 벌레가 와서 간질여도, 배고픈 새가 날아와서 잎사귀를 할퀴어도, 이내 한번 웃음 지을 뿐이다.

분노 흘려보내기

예전에 사장을 미워해서 회사에 다니는 것을 고통스러워하는 사람을 상담한 적이 있었다. 그는 사장이 직원들을 얼마나 함부로 대하며, 탐욕적인가를 설명하기에 바빴다. 그는 격앙된 상태로 말을 하면서 사장에 대한 적개심을 공공연히 표현했다.

"마음속에 사장에 대한 분노가 가득하군요."

"네, 저런 사람을 어떻게 해야 할지 정말 모르겠어요. 직원이 조금이라도 실수하면 참지 못하고 다른 사람들이 모두 있는 앞에서 큰소리로 비난하기 일쑤구요. 막말을 하기도 하고…, 여하튼 표현 방식도 아주 거칠어요."

"그렇군요. 그러면 사장이 앞으로 어떻게 행동하면 좋겠어요?"

"일단 좀 이성적으로 말을 하면 좋겠어요. 그리고 직원들을 몇 년 쓰고 나면 버릴 물건처럼 대하는데 그런 시각도 좀 고쳤으면 좋겠어요. 그리고 사람을 쥐어짤 대로 쥐어짜면 결국 자기도 손해라는 것을 알았으면 좋겠어요."

"네. 그렇게 긍정적인 모습을 보이면 참 좋을 것 같군요. 그럼 언젠가는 사장이 직원들에게 그런 모습을 보일 수 있을까요?"

"(풀이 죽은 목소리로) 그럴 리는 없을 것 같아요."

"그러면 ○○씨가 최선을 다해서 노력하면 사장이 그렇게 변할 수 있을까요?"

"제가 노력한다고 해서 사장이 변하겠어요? 자기는 답답한 것이 하나도 없는 사람인데요."

"그렇군요. 그럼 지금 ○○씨가 자신의 행복한 삶을 위해서 할 수 있는 일은 어떤 것이 있을까요?"

찌푸리고 있던 그의 얼굴이 조금씩 펴지기 시작했다. 그러고는 고개를 끄덕거렸다. 내면에서 어떤 통찰을 얻은 것 같았다.

그렇다. 우리가 그런 상황에서 할 수 있는 것은 세 가지다. 회사를 떠나거나, 계속 고통스러워하면서 회사를 다니거나, 고통스러워하지 않으면서 회사를 다니거나. 그것은 어떤 상황이건 어떤 인간관계이건 간에 똑같이 적용되는 답이다.

중요한 것은 여기서 계속 고통스러워할 것인지, 아니면 말 것인지를 우리가 선택할 수 있다는 것이다. 그러면 사장을 보고 어떻게 분노하지 않을 수 있을까? 그것은 사장을 보면서 판단하는 시각을 자신의 내부로 돌려 그 안에서 일어나고 있는 분노를 바라보는 데서부터 시작한다.

지혜명상은 타악기처럼 당신의 가슴을 치는 분노를 알아차리는 명상법이다. 분노가 일어날 때는 혈압이 상승하며 심장이 두근거리고 머릿속이 하얗게 변하는 것같이 느껴진다. 그 때 일어나는 신체 감각을 모두 알아차려본다. 동시에 분노를 유발한 사람에 대해서 드는 생각을 모두 알아차려본다. 비난이 일어나는가? 복수심이나 원망이 일어나는가? 떠오르는 생각들을 모두 있는 그대로 알아차린다.

분노를 다스리는 지혜명상의 핵심은 출렁거리는 분노를 잡지 않는 것이다. "저 사람은 정말 나빠!" "어떻게 사람이 저렇게 행동할 수 있지?" 그리고 "아, 내가 또 화를 내고 있네. 화를 내면 좋지 않은데"와 같은 생각들을 모두 알아차린다. 그런 생각들은 당신의 분노를 더욱 확대시키는 역할을 한다.

윌슨과 브레케는 사람들의 정신 과정이 무의식적으로 일어나기 때문에 원하지 않는 반응을 하게 되는 과정을 '정신적인 오염'이라고 정의했다.[9] 그들은 사람들이 자신의 정신처리 과정에 대한 자각이 부족하기 때문에 이런 과정을 피하기 어려운 것으로 보았다.

사람들에게 분노를 느낄 때는 대부분의 경우 자동적으로 처리되기 때문에 의식하지 않는 상태로 몸과 마음의 변화가 일어난다. 그래서 화를 낸 후에 "아! 내가 또 화를 냈구나!"라는 것을 알게 된다. 지혜명상을 하다 보면 어느 순간 한참 화를 내는 도중에 자신이 화를 내고 있다는 것을 알아차리게 된다. 지혜명상이 깊어지면 분노가 일어나서 잠잠해지는 전 과정을 알아차리게 된다.

분노는 좋은 것도 나쁜 것도 아니다. 그저 어떤 자극에 의해서 우리의 마음에서 자연스럽게 일어나는 것이다. 모든 것은 일어났다가 사라진다. 일어났다가 사라지는 것을 붙잡는 것은 바로 우리의 생각이다. 지혜명상은 분노하지 않으려고 애쓰는 것이 아니다. 분노하지 않으려고 애쓰는 마음도 알아차리는 것이다. 올라오는 분노를 있는 그대로 표출하지도, 억누르지도 않는다.

지혜명상을 하면 분노의 근원에 대한 지혜가 생기게 된다. 판단 없이 일어나는 생각과 감정을 알아차릴 때 원인과 결과가 보이게 된다. 그래서 무엇 때문에 자신이 분노하는지를 알게 된다. 분노를 투명하게 바라보면 분노는 어느새 사라진다.

분노를 일으키는 신념 검토하기

분노의 그림자에는 거의 항상 분노를 불러일으키는 신념이 있다. 인지치료로 유명한 심리학자인 엘리스는 잘못된 신념이 잘못된 감정을 유발하기 때문에 감정을 변화시키기 위해서는 그 신념을 변화시켜야 한다고 주장했다.[10] 그는 그것을 ABCDE 이론으로 설명했는데, 다음과 같은 과정을 거친다고 보았다.

A(Activating event)는 촉발하는 사건이며, B(Belief)는 그 일에 대한 신념이다. 그리고 C(Consequences)는 촉발하는 사건으로 일어난 결과이며, D(Debate)는 내담자의 신념이 타당한가에 대해서 심리치료사와 내담자 간에 벌어지는 논쟁을 말하는데, 논쟁을 하는 이유는 촉발하는 사건 그 자체보다 내담자가 어떤 신념을 가지고 있는가에 따라 그 결과가 달라진다고 보기 때문이다. E(Effect)는 논쟁이나 타당성을 거쳐서 나온 결과를 말한다.

분노가 일어나는 상황에서 스스로 자기가 가진 신념의 타당성을 의심해 볼 수 있다. 예를 들어 친하게 지내던 동료가 등 뒤에서 당신을 험담한 것을 알고 분노를 느꼈을 때, 동료가 당신을 험담한 것은 촉발하는 사건이 되며, 분노를 느낀 것은 결과가 된다. 신념은 촉발하는 사건과 결과 사이를 매개하는데, 당신이 그 말을 듣고 분노를 느낀 이유는 바로 당신이 가진 신념 때문이다.

이 때 당신이 분노를 변화시키는 한 가지 방법은 분노의 뒤에 자리하고 있는 당신의 신념이 과연 타당한 것인가를 검토하는 것이다. 아마 당신은 다른 사람에게 친한 친구를 험담하는 것은 올바르지 않다는 신념을 가지고 있을 것이다. 그것은 정말 타당한 생각인가? 여기서 '바람직한 것'과 '반드시 그래야만 한다는 것'을 당신은 구별할 수 있는가?

엘리스는 분노를 유발하는 신념을 비합리적인 신념이라고 보고, 그것은 "반드시 …해야만 한다"와 "끔찍하다"는 사고에서 비롯된다고 보았다. 어떤 사건이 일어났을 때 그것에 대한 해석은 사람들마다 서로 다르다. 우리는 사건에 대한 신념을 변화시킴으로써 해석을 변화시킬 수 있고, 그에 따른 감정을 변화시킬 수 있다.

우리는 세상이나 다른 사람들이 우리 마음대로 흘러가주기를 바라지만 그것은 이루어질 수 없는 꿈에 불과하다. 도덕이나 법을 준수해야 한다는 것을 가정이나 학교에서 배우지만, 그렇지 않은 일들은 우리 주위에 너무나 많이 일어난다. 때로는 도덕이나 법조차 절대적인 가치를 지니지 못한다. 그것은 시대나 상황에 따라 변하기 때문이다.

당신이 세상을 바로 보고 행복한 삶을 누리고 싶다면 분노에 사로잡혀서는 안 된다. 대신 우리 자신을 변화시킬 수 있는 자유를 먼저 찾아야 한다.

♥ 분노를 변화시키는 합리적인 신념을 기르는 법 ·······································

1. 당신의 분노를 일으킨 사건을 적어본다.

2. 분노의 뒤에 자리한 자신의 신념이 무엇인가를 적어본다.

3. 그 신념은 과연 타당하며, 합리적인가를 검토한다.

4. 만약에 자신의 신념이 비합리적이라는 생각이 든다면, 어떤 합리적인 신념으로 대체할 수 있겠는가?

5. 자신이 삶에서 더 여유를 가지고 포용력을 길러야 하는 부분은 무엇인지를 생각해본다.

합리적으로 분노 표현하기

분노를 느낄 때는 생리적으로 흥분이 된 상태이기 때문에 말이 격하게 나오기 쉽다. 또 다른 측면에서 본다면 분노는 상대방이 나를 공격한다고 지각할 때 느끼는 감정이기 때문에, 우리 자신도 같이 공격적으로 나가기 쉽다. 만약 당신도 상대방에게 공격을 한다면 본격적인 싸움이 시작될 것이다.

분노를 느낄 때 그것을 자각하면서, 합리적으로 당신이 느끼는 분노를 표현한다면 싸움을 막을 뿐 아니라 인간관계를 새롭게 창조할 수 있다. "왜 내가 먼저 그래야 하는가?"라는 생각이 들 수도 있다. 그러나 자신의 패턴을 깨고 새로운 방향을 만들어가는 사람은 더 강인한 사람이다. 이는 상대방에게 굴복해서가 아니라 한 차원 더 높은 성숙한 사람이 할 수 있는 일이기 때문이다.

합리적으로 분노를 표현하기 위한 의사소통 방법 중 하나는 로젠버그가 주장한 비폭력 대화이다. 그것은 자신의 감정과 욕구를 제대로 알아차리고 그것을 상대방에게 솔직하게 표현하는 대화법이다.

그는 비폭력 대화법은 네 가지 요소로 이루어진다고 주장했다.[11] 첫 번째는 상황을 있는 그대로 관찰하는 것이다. 두 번째는 관찰한 것에 대한 느낌을 표현하는 것이다. 세 번째는 자신의 느낌과 연결된 내면의 욕구를 인식하는 것이다. 네 번째는 구체적인 부탁을 하는 것이다.

그는 사람들이 분노를 느낄 때 상대방이 나를 분노하게 만들었다는 생각에서 벗어나야 한다고 말한다. 분노를 느낄 때는 자신이 무슨 욕구 때문에 분노를 느끼는지를 인식하고, 자신의 느낌과 욕구를 연결시켜서 상대방에게 표현하는 것이 필요하다고 보았다. 그러면 자신의 감정이나 욕구를 상대방에게 잘 전달할 수 있고, 상대방도 자신이 공격받는다는 느낌이 들지 않으면서 그 사람의 입장을 헤아려 볼 수 있게 된다고 보았다.

대부분의 사람들은 자신의 분노를 상대방에게 표현하면 관계가 나빠지지 않을까를 두려워하기 때문에 자신의 의견을 잘 표현하지 않는 경우가 많다. 그러면 상대방은 아무것도 모르는 채 그냥 지나치게 되며, 나중에 동일한 상황을 반복하게 될 수도 있다. 다른 사람으로부터 느낀 분노가 해소되지 않은 상태에서 유사한 일을 경험하면, 지금 느끼는 분노에 지난번에 느낀 분노까지 덧붙여져서 분노가 증폭되기 쉽다. 그것을 '눈덩이 효과'라고 한다.

분노를 제대로 표현하면 상대방과의 관계가 더 잘 개선될 수 있다. 단 올바른 방식으로 분노를 표현하는 것이 중요하다. 많은 사람들이 다툼이 있을 때 국지전으로 끝날 문제를 세계대전으로 확장시키는 이유는 기억하고 있는 과거의 일들을 모조리 끄집어내기 때문이다.

상대방에게 분노를 표현할 때는 공격적이지 않으면서 자기의 입장을 분명하게 말한다. 여기서 명심할 점은 자기의 입장을 제대로 말하는 것만큼이나 상대방의 이야기를 잘 들어주는 것도 중요하다는 것이다. 상대방의 이야기를 들을 때는 자신의 가치나 욕구에 따른 판단을 하지 않고 듣는다. 그렇게 하는 것을 '공감적 경청'이라고 한다. 상대방이 원하는 것을 물어보고, 당신이 원하는 것을 제안해서 건설적인 합의점을 찾는다.

1. 일어난 일을 객관적으로 관찰한다. 객관적으로 관찰하는 방법은 고정 관념으로부터 자유로워져야 가능한데, 여기에는 지혜명상 수련이 도움이 된다.

2. 상대방에게 자신의 분노를 솔직하게 표현한다.

3. 분노를 느끼는 것이 자신의 내면에 있는 어떠한 욕구 때문인지에 대해 말한다. 자존심이 손상된 느낌이 든다든지, 소중한 사람으로 대우받지 못한다는 느낌이 든다든지, 자신의 욕구와 느낌을 연결해서 말한다.

4. 상대방에게 자신이 원하는 것을 요청한다.

격렬한 분노를 다루는 몇 가지 도구들

지금 당신은 격렬한 분노에 사로잡혀 있는가? 어떤 방법을 사용해도 분노가 가라앉을 기미가 보이지 않는가? 그렇다면 아래의 방법들이 도움이 될 것이다. 언젠가 나에게 상담을 받았던 30대 초반의 회사원이 있었다. 그는 통제하기 힘든 분노에 사로잡혀 있었는데, 나에게 상담을 받기 두 달 전 2년 동안 사귀던 애인과 심하게 다툰 후 헤어진 상태였다.

그 동안 만났다가 헤어지기를 반복했기 때문에, 시간이 지나면서로 다시 만날 것이라고 생각했던 그는 헤어지고 나서 한 달 후에 집 앞에서 그녀를 기다리다가 어떤 남자와 정겹게 헤어지는 애인의 모습을 발견하고는 머리에서 피가 솟구치는 것 같은 분노를 경험했다. 그때부터 헤어진 애인에 대한 분노 때문에 업무조차 제대로 집중할 수 없었고, 밤에 잠을 자기도 힘든 상태였다.

나는 심리 상담을 하면서 그에게 여러 가지 과제를 하게 했다. 내가 준 첫 번째 과제는 분노일지를 기록하는 것이었다. 분노일지는 하루의 일과 중에 분노를 느꼈을 때의 상황, 지속 시간, 그때 느꼈던 신체적인 변화, 생각, 그리고 행동을 기록하게 하는 방법이다.

분노일지를 기록할 때는 객관적으로 일어난 사실만을 기록하면 된다. 그것을 하게 되면, 자신이 얼마나 자주 그리고 얼마나 강한 강도로 분노를 느끼는지, 그 때 일어나는 몸과 마음의 반응은 어떤지를 자각하게 된다.

다음은 집중해서 분노를 표현하는 과제였다. 강렬한 분노에 사로잡히면 사람들은 분노와 관련된 생각들을 잘 통제하기 힘들다. 그 때 좋은 방법 중 하나는 특정한 시간과 장소를 정해서 그 시간에만 혼자서 실컷 화를 내는 것이다. 일상생활을 하는 중에 분노와 관련된 생각이 떠오르면 이렇게 말하면서 분노를 잠시 밀어둔다. "나중에 화낼 시간이 있으니까 그 때 화를 내자. 그 때 실컷 화를 내면 되는 거야. 지금은 일을 하자."

대신 분노를 표현하는 시간에는 조용한 장소에서 혼자 다른 것은 전혀 하지 않고 오로지 분노만을 표현한다. 분노를 표현하는 방법은 종이에 글을 쓰는 것이다. 화가 나는 생각들은 모두 적는다. 상대방에게 해주고 싶은 말이나 자신에게 하고 싶은 말 모두를 적는다. 처음 일주일 동안은 1시간, 다음 일주일 동안은 50분, 그 다음 일주일 동안은 40분, 이렇게 점차 매주 시간을 줄여간다.

나중에 분노를 표현할 시간이 있다고 생각하면, 사람들은 분노와 관련된 생각이 떠오르더라도 훨씬 가볍게 내려놓을 수 있다. 분노를 표현하는 시간이 끝나면, 즐거운 음악을 듣거나 가벼운 운동을 하면서 기분을 전환시킨다.

마지막은 '빈 의자 기법'을 사용해서 역할 연극을 하는 과제였다. 빈 의자 기법은 펄스가 게슈탈트 심리치료에서 사용한 방법이다. 이것은 의자 하나를 두고, 자기의 역할과 상대방의 역할을 번갈아 하는 것이다. 먼저 자기가 상대방에게 하고 싶은 말을 하고 난 후에 잠시 쉬었다가, 마치 상대방이 된 것처럼 상대방이 자기에게 하고 싶은 말을 하는 과정을 반복하는 것이다. 이것은 마치 1인극을 하는 것과 같은데, 이것을 하면 자신의 시각에서 벗어나서 상대방의 관점을 어느 정도 이해할 수 있게 된다.

상담을 시작한 지 한 달 후에 조용한 장소에서 나는 이 과제를 하게 했다. 그를 세 달 동안 상담했는데, 분노로 이글거리던 그의 모습이 상담을 마칠 때는 환하게 밝아진 것을 느낄 수 있었다.

몇 달이 지난 후 그는 새로운 사람을 만나게 되었다면서 축하해 달라고 연락이 왔다.

예전에 내가 가끔 사용했던 방법은 하늘의 별을 쳐다보는 것이었다. 우주가 무한하다고 하는데, 과연 그 무한하다는 것이 어떤 의미일까? 태양계와 비슷한 무리들이 많다고 하는데, 그 많은 무리 중 지구에서 대한민국이라는 나라의 서울, 그 중에서도 내가 살고 있는 이곳이 어떤 의미가 있는지를 느껴보는 건 어떨까. 분명 갑자기 내가 겪고 있는 분노가 아주 작고 보잘것없이 느껴지질 것이다. 마찬가지로 옛날 사람들은 어떤 일로 분노를 경험했을까를 생각해보자. 그동안 인류가 겪었을 많은 고통과 분노들을 느껴보자. 그러면 자신의 문제가 풍선처럼 가벼워져가는 것을 느낄 수 있을 것이다.

5장

불안 다이어트

子曰 君子는 不憂不懼니라

공자가 말했다.
"군자는 근심하지 않고
두려워하지 않는다."

−논어

감정의 카멜레온, 불안

불안은 그 어떤 감정보다 카멜레온처럼 다양한 모습으로 우리 삶에서 나타난다. 우리가 알 수 없는 미래 때문에 저금을 하거나 보험에 드는 것, 상사에게 혼이 날까봐 보고서를 쓸 때 심혈을 기울이는 것, 그리고 국제 원유 값이 폭등한다는 기사를 읽고 생필품을 사재기하는 것 등은 모두 불안이 만들어낸 현상들이다.

그러나 불안은 결코 부정적인 감정만은 아니다. 앞서 이야기한 걱정과 마찬가지로 인간이 환경과 상황에 적응하고 살아남기 위해 만들어진 감정 중 하나로, 위험하거나 위협적인 상황에 처했을 때 그에 대처할 수 있게 해준다.

원시인들은 낯선 숲으로 사냥하러 갔을 때 맹수의 발자국을 보거나 하늘에 시커먼 먹구름이 밀려드는 것을 보고 도망을 가거나 안전한 곳을 찾음으로서, 주변의 위험으로부터 자신을 보호할 수 있었다. 현대인들도 마찬가지다. 누구나 한 번쯤은 아침에 출근한 후 현관문을 제대로 잠그고 나왔는지, 가스레인지의 불은 제대로 껐는지를 떠올리면서 불안해본 경험이 있을 것이다. 이 같은 불안은 우리의 감각을 날카롭게 만들어 미연에 사고를 방지할 수 있다는 점에서 도움이 된다.

그러나 불안은 지나치게 오랫동안 지속이 되거나, 강도가 강할 때, 그리고 일상생활에 심각한 지장을 줄 때 문제가 된다. 최근 경기침체 때문에 많은 사람들이 실직이나 부도에 대한 불안을 가지고 있다. 불면증 치료제가 광고에 자주 등장하는 이유는 시대적인 불안으로 밤에 잠을 이루지 못하는 사람들이 많이 늘었기 때문일 것이다. 이처럼 불면증에 시달리게 되면 업무에 집중하지 못하고, 이런 생활이 반복되면 일상생활조차 제대로 유지하기가 힘들어진다. 이때 불안은 결국 '불안장애'로 변질된다.

이 장애를 경험하는 사람들의 일반적인 특징은 신경이 과민해지고, 심장박동이 빨라지며, 주의가 매우 산만해지는 것이다. 현재 당신의 상태는 어떤지 한번 점검해보고 넘어가는 것은 어떨까?

자주 손을 씻지 않으면 불안하다?

현대인이라면 누구나 조금씩은 불안장애를 가지고 있다고 한다. 천성이 낙천적인 사람이거나 마음 수행을 하는 사람이라면 경우가 다르겠지만, 요즘처럼 치열한 '적자생존'의 시대에서 살아남기 위해 애쓰고 있는 직장인이라면 어느 정도의 불안장애를 가지고 있을 수밖에 없다. 불안장애에는 다양한 종류가 있는데, 여기서 소개하는 불안장애는 가장 많이 알려진 것들이다. 자신이 불안장애를 가지고 있는 건 아닌지 '불안'하다면 아래의 증상들을 눈여겨보자.

먼저 어떤 특정한 대상이나 장소, 그리고 사건에 대해서 강한 불안과 공포를 가지는 것을 '단순 공포증'이라고 한다. 이것은 뱀이나 쥐 같은 동물을 무서워하는 '동물 공포증', 좁은 장소에 있는 것을 두려워하는 '폐소 공포증', 넓은 장소로 나가는 것을 두려워하는 '광장 공포증', 높은 장소를 두려워하는 '고소 공포증' 그리고 다른 사람들 앞에서 자신의 생각을 말하는 것을 두려워하는 '사회 공포증' 등이 있다.

그리고 이유 없이 지속적으로 불안을 느끼는 사람이 있다. 이런 사람들은 항상 신경이 과민하고, 근육이 긴장되어 있으며, 끊임없이 불안해하는데, 이런 것을 '범불안 장애'라고 한다. 또 가슴이 답답하게 조여들면서 숨이 막히거나 어지럽고 진땀이 나면서 몸이 뻣뻣해지고 갑자기 자신이 미치거나 죽을지 모른다는 두려움에 휩싸이는 '공황 장애'가 있다.

아마 한 번쯤은 소설이나 영화에서 눈을 쉬지 않고 깜빡거리거나 피가 날 정도로 손을 씻어대는 장면들을 본 적이 있을 것이다. 그런 것을 강박장애라고 하는데, 여기에 빠지게 되면 원하지 않는 생각이나 이미지를 계속 떠올리는 강박사고에 빠지고, 어떤 규칙에 따라 반복적으로 강박행동을 하게 된다. 강박사고는 주로 성적인 생각이나 공격적인 공상에 많이 나타나고, 강박행동은 손 씻기와 같은 청결 유지하기, 자신의 소지품들을 항상 똑같은 방식으로 정리정돈하기 그리고 일이 제대로 되었는지 반복적으로 확인하는 등의 행동으로 나타난다.

마지막으로, 정신적인 충격을 주는 사건을 경험한 후에 고통스러운 꿈을 꾸거나 사건을 반복적으로 경험하는 것처럼 행동하거나 느끼는 '외상후 스트레스 장애'가 있다. 예전에 삼풍백화점이나 성수대교 붕괴 사고를 겪은 사람들이 경험하게 되는 것이 바로 이 외상후 스트레스 장애다.

불안이 느껴질 때 사람들이 가장 흔하게 하는 행동은 그 대상으로부터 도망을 가거나 매달리는 것이다. 보고서를 쓰기 싫어 웹서핑을 하거나 친구와 메신저를 통해서 대화를 나누고, 시험 공부를 하기 싫어 게임을 하거나 영화를 보는 것은 우리가 흔히 하는 도피행동이다. 반면 사랑하는 사람이 떠날까봐 불안한 나

머지 상대방에게 과도하게 집착하는 것은 '매달리는 행동'으로
나타난다.

'나는 검은 고양이가 무섭다'

불안이 생기는 이유는 크게 세 가지다. 첫 번째는 프로이드가 말
한 정신분석학적인 접근인데, 그는 이드(원초아), 에고(자아), 그리
고 수퍼에고(초자아) 간에 갈등이 생기면 불안이 생긴다고 보았
다.[1] 여기서 이드는 성욕이나 공격성(프로이드는 공격성을 본능으로 보
았지만, 대부분의 심리학자들은 학습된 것으로 본다.)과 같은 본능을 추구
하고, 수퍼에고는 도덕이나 법을 지키려고 하고, 에고는 이드와
수퍼에고 사이를 중재하는 역할을 한다고 보았다.

그래서 사랑하는 여성에게 키스하고 싶지만 종교적인 이유로
참을 때는 신경증적인 불안이 일어나고, 자기를 괴롭히는 상사
를 해코지하고 싶지만 법을 생각해서 참는 경우에는 도덕적인
불안이 생긴다고 보았다. 사람들은 이런 불안을 다스리기 위해
서 현실을 왜곡해서 지각하는 '방어기제'를 사용하는데, 그 이유
는 무의식적인 차원에서 자아를 보호하기 위해서다.

다음은 경험을 통해서 불안을 학습하게 된다는 행동주의 접근
이다. 지금은 거의 나아졌지만 예전에 나는 에드거 앨런 포의

《검은 고양이》를 읽고 나서 고양이를 무서워했다. 그래서 한때는 골목길을 거닐다가 길고양이를 만나면 돌아서 다른 길로 가곤했다. 마찬가지로 고장난 엘리베이터에 오랜 시간 동안 갇혀 봤던 사람은 엘리베이터 타는 것을 두려워하게 된다.

마지막은 비현실적이고 부정적인 생각 때문에 불안을 경험한다고 보는 인지주의적인 접근이다. 예를 들어 비행기 공포증을 지닌 사람들은 비행기를 타면 사고가 날 것 같은 두려움을 느껴 비행기를 타지 못한다. 그리고 그 두려움 뒤에는 비행기 사고가 나면 '모두 죽는다'는 생각이 깔려 있다. 그런 사람은 실제로 비행기 사고로 죽는 사람보다 자동차 사고로 죽는 사람이 더 많다는 사실을 잘 받아들이지 못한다.

이와 같은 접근법들은 불안의 원인에 대한 시각이 제각각이기 때문에 불안을 다스리는 그 방법 또한 다르다. 정신분석학적인 접근법은 이드, 에고, 그리고 수퍼에고 간의 갈등에 대한 통찰을 통해서, 행동주의적 접근법은 불안을 느끼는 사람의 행동을 변화시킴으로써, 마지막으로 인지주의적인 접근법은 불안을 느끼는 사람의 생각을 변화시킴으로써 불안을 다스리려고 한다.

불안은 앞으로 생길지 모를 부정적인 일에 대비하게 하지만 지나치면 일과 인간관계에 좋지 않은 영향을 준다. 또한 새로운 일을 하거나 중요한 일을 할 때 불안하게 되면 자신의 능력을 제대로 발휘하지 못하는 경우가 많다. 그래서 우리는 불안을 다루는 법을 배울 필요가 있다. 또한 이를 통해 우리는 불안을 창조적으로 활용할 수도 있다. 아래의 명상법과 심리적인 방법들은 그 길을 열어줄 것이다.

죽음명상을 통한 실존적 불안 통과하기

언젠가 전문직에 종사하는 40대 여성이 나에게 상담을 받은 적이 있었다. 모든 면에서 뛰어났던 그녀는 가정생활과 직장생활 모두를 완벽하게 잘 해내야 한다는 강박관념에 사로잡혀 있었다. 그래서 회사에서 힘든 일이 있거나 딸의 성적이 떨어지면 초조해하며 견딜 수 없어 했다.

"선생님, 저는 삶에서 항상 좋은 일만 있었으면 좋겠어요."

"바로 그 마음이 고통을 만드는 것입니다. 좋은 일만 있어야 한다고 생각하면, 그렇지 못한 일이 생길 때 괴로워지게 되지요. 삶에는 좋은 일이건 나쁜 일이건 일어날 수 있다고 받아들일 때, 우리는 삶의 상황이나 조건으로부터 자유로워지게 됩니다."

"나쁜 일을 어떻게 받아들일 수 있나요?"

"나쁜 일이 생겼을 때 어떤 마음이 드나요?"

"화도 나고, 짜증도 나고, 속도 상하고, 다른 사람에 대한 원망도 들고, 상황이 더 나빠지지 않을까 두렵기도 해요."

"그때 그런 마음을 잠시 멈추고 부드럽게 호흡해보세요. 일어난 일에 저항하지 말고 있는 그대로 상황을 받아들여보세요. 그것은 소극적인 태도를 취하는 것이 아닙니다. 상황을 있는 그대로 인정하는 것이지요. 거기서 해결 방법이 생기게 됩니다.

많은 사람들이 힘겨운 상황을 받아들이지 못해서 저항하거나 여러 가지 방법으로 회피하는데, 그런 행동들은 상황을 다스릴 수 있는 힘을 점차 잃어버리게 만듭니다."

현실에 저항하거나 회피하는 마음으로는 그 어떤 것도 변화시킬 수 없다. 고요하고 평온한 마음 상태에 있을 때야말로 진정으로 상황을 변화시키는 힘이 생기게 된다. 집중명상은 불안을 다스려서 당신의 마음을 고요와 평화로 이끈다. 동시에 어떤 상황에서나 흔들리지 않고 잘 대처할 수 있는 마음의 힘을 길러준다.

언젠가 전철을 타고 가는데 가슴에서 갑자기 이유 없는 불안이 확하고 올라온 적이 있다. 동시에 죽음에 대한 두려움이 한줄기 바람처럼 스치고 지나가는 것이 느껴졌다. 느껴지는 불안을 있는 그대로 알아차리면서 불안의 근원을 탐색해봐도 떠오르는 것이 없었다. 그때 나 스스로에게 질문을 던져 보았다.

"만약 내가 오늘 죽는다면 무엇을 가장 후회하게 될까?"

좋아하는 음악이나 영화, 책…. 세상 그 무엇에 대해서도 아무런 미련이 없었다. 단지 후회가 되는 것은 아직도 내가 마음에서 놓지 못하고 있는 사람들이었다. 미움이건, 사랑이건. 그 날 결심했다.

"오늘 죽게 된다고 생각하고, 그들을 마음에서 놓아주자."

우리의 삶 자체는 불안의 조건을 안고 있다. 우리는 언젠가 맞이하게 될 죽음을 앞에 두고 있기 때문에 삶에 대한 무의미와 공허감, 그리고 불안을 느끼지 않을 수 없다. 이것은 인간이면 누구나 피할 수 없는 실존적인 불안이다.

만물은 항상 변하고 있고, 언제 어떤 위험과 어려움이 우리에게 닥칠지 모른다. 그리고 언젠가는 우리가 사랑하고 아끼는 모든 것들과 작별해야 한다. 어떻게 보면 불안을 다스리는 유일한 방법은 삶에서 일어나는 모든 변화를 받아들이고, 강물처럼 흘러가는 것인지도 모른다.

집중명상을 하면서 자신의 죽음에 대해서 생각해본다. 만약 한 시간 후에 자신이 죽게 된다고 가정한다면, 어떤 생각이 드는가? 그때 떠오르는 불안을 모두 느껴본다. 무엇이 두렵고, 무엇이 아쉬운가? 가끔 죽음명상을 하면 자신이 무엇에 집착하고 있고, 실존적인 불안을 얼마만큼 통과했는지 알 수 있다. 언젠가는 죽는다는 사실을 받아들인다면, 우리는 집착하는 것들을 한결 가벼운 마음으로 놓아버릴 수 있다.

불안을 수용하는 지혜명상

명상가인 한바다는 《행복》에서 불안에 대해 다음과 같이 말했다.

> 사람들은 불안이 일어날 때 그것을 거부하거나 도망치는데, 그렇게 하면 불안 에너지는 숨게 되고 다른 쪽으로 꼬여 나가게 됩니다. 불안에서 벗어나려고 하는 노력이야말로 그대를 더 불안하게 만드는 힘이라는 것을 깨달으세요. 불안이 일어나는 바로 그 순간 관념이나 생각으로 도망가지 말고 현재에 집중하면서 그 에너지를 직접 접촉해보세요. 그러면 불안의 에너지는 그냥 녹아서 사라지고 그대는 다시 자유로워집니다.
>
> 불안을 극복하는 단 하나의 길은 용감하게 맞서는 것이랍니다. 즉 불안으로부터 도망가지 않고 그 속으로 들어가서 완전히 불안과 하나가 되는 것이지요. 사실 불안은 원래 존재하지 않았던 것으로 저항하고 회피하는 그대의 마음이 만들어낸 환영이기 때문입니다.[2]

최근 심리학계에서는 명상방법을 심리치료에 도입한 연구들이 활발하게 이루어지고 있다. 그 중 하나가 '수용 전념 치료(ACT, Acceptance and Commitment Therapy)'다. 헤이즈, 스트로살과 윌슨은 많은 사람들이 불쾌한 감정을 느낄 때 피하거나 억누르려고 하는데 그렇게 하는 것은 오히려 해로울 수 있으며, 감정을 통제하려고 하지 않고 있는 그대로 받아들이면서 알아차려야 한다고 본다.[3]

그들은 불안한 사람의 사고 특성 중 하나는 '인지적인 융합'이라고 했다. 이는 실제로 일어난 사건과 자신의 생각을 구별하지 못하는 것을 말한다. 예를 들어 회사에서 감원이 있을 것이라는 소문을 들었을 때, 자신이 감원대상이 될지 모른다는 생각이 들면서 불안해한다고 가정하자. 그러한 불안은 자연스러운 불안이다. 그런데 대부분의 사람들은 자신의 생각을 잘 알아차리지 못해 감원에 대한 소문으로 생긴 불안과 그로 인해 발생한 '자신이 감원대상이 될지 모른다'는 불안이 겹쳐져 불안을 더욱 크게 만든다. 결국 출구를 알 수 없는 불안의 미로 속에 빠져버리게 되는 것이다. 심리학자들은 이렇게 증폭된 불안은 지혜명상을 통해서 실제로 일어난 사건과 자신의 생각을 구분하는 '인지적인 탈융합' 상태로 갈 수 있다고 보았다.

그 밖에도 지혜명상이 불안장애의 증상을 감소시키는데 효과가 있다는 연구 결과가 있다. 연구자들은 'DSM-III-R(전 세계적으로 쓰이는 미국의 정신 의학회에서 편찬한 정신장애 분류와 진단)'의 기준에 의하여 일반화된 불안장애 혹은 광장공포증이 없는 공황장애 진단을 받은 22명을 대상으로 8주 동안 지혜명상을 하게 했다.[4] 연구 결과 그 중 20명이 8주가 지난 뒤 지혜명상을 하기 전보다 불안증상이 감소되었고, 이 결과는 3개월 후에도 지속된 것으로 나타났다.

지혜명상에서는 사람들이 경험하는 느낌을 괴로운 느낌, 즐거운 느낌, 그리고 괴롭지도 즐겁지도 않은 중성적인 느낌 이렇게 세 가지가 있다고 본다. 불안은 괴로운 느낌에 속한다. 사람들은 보통 괴롭다고 느끼면 즐거운 생각을 하거나 다른 행동을 함으로써 그 느낌을 피하려고 한다. 지혜명상법에서는 그것은 괴로운 느낌을 다루는 올바른 방법이 아니라고 본다. 그런 방법을 사용한다고 해서 그 느낌이 완전히 사라지는 것은 아니기 때문이다.

불안이 느껴질 때 그것에 끌려가거나 억지로 억누르지 않고 그저 느껴지는 것을 알아차리기만 한다. 불안과 함께 떠오르는 생각도 모두 알아차린다. 생각에 초점을 두고 계속 따라가면 불안은 더욱 증폭된다. 있는 그대로 느껴지는 불안을 알아차리면 어느새 한여름에 나무의 뿌리까지 적시는 소나기처럼 강했던 불안은 나뭇잎을 부드럽게 어루만지는 이슬비처럼 점차 약해진다.

불안을 완화시키는 두 가지 방법

사람들이 어떤 감정을 경험하면 주관적인 느낌, 강한 생리적인 반응, 그리고 상황에 맞서거나 피하려는 행동경향성이 일어난다. 이 세 가지는 서로 연결되어 있기 때문에 어느 한쪽에 변화가 일어나면 다른 쪽들도 같이 변화가 일어나게 된다.

호흡법과 점진적인 근육이완법은 생리적인 반응을 변화시켜서 불안을 다스리는 방법이다. 우리가 불안을 경험하면 호흡이 가빠지게 되는데, 그러면 뇌에 산소가 충분하게 공급되지 못하게 된다. 뇌에 산소가 부족하면 에너지 순환이 원활하지 못하게 되어 우리는 불쾌감과 고통을 경험하게 된다.

이 때 불안을 다스리는 방법 중 하나는 심장을 이완시키는 호흡을 하는 것이다. 불안을 느낄 때 숨을 천천히 들이쉬고 내쉬면서 심장에 깊은 휴식을 준다. 들이쉬는 숨보다 내쉬는 숨을 더 천천히 하면서 호흡과 함께 심장을 부드럽게 이완한다.

강한 불안이 느껴질 때는 한 손을 심장에 올려두고 심장을 느끼면서 호흡해본다. 천천히 부드럽게 숨을 들이쉬고 내쉬는 동안 거칠게 뛰고 있는 심장이 점차 풀어진다고 상상해본다. 당신의 온 의식을 심장에 두고 사랑과 자비를 보낸다.

점진적 근육이완법은 제이콥슨이 개발한 것으로 근육을 이완시킴으로써 자율신경계의 기능을 조절하는 방법이다.[5] 자율신경계 중 교감신경계는 흥분을 담당하고, 부교감신경계는 억제를 담당한다. 그는 교감신경계와 부교감신경계는 길항작용을 하기 때문에 사람들은 동시에 흥분하거나 이완할 수 없다는 것에 착안해서 점진적 근육이완법을 만들었다.

사람들이 불안을 느낄 때는 온몸의 근육이 긴장되면서 불편함을 느끼게 된다. 점진적 근육이완법은 긴장된 근육을 이완시킴으로써 심리적인 이완을 하게 하는 것이다. 점진적 근육이완법의 가장 중요한 특징은 무조건 근육을 이완시키는 것이 아니라, 먼저 근육을 긴장시켰다가 다음에 이완시키는 것이다. 그러면 사람들은 긴장과 이완의 차이를 확실하게 알게 되고, 몸을 더 잘 이완할 수 있게 된다.

여기서는 얼굴을 긴장하고 이완하는 방법을 집중적으로 소개하면서 근육긴장 이완법을 다루도록 하겠다. 먼저 눈과 눈썹을 긴장하고 이완한다. 눈을 감고 눈과 눈썹을 긴장시켜서 마음속으로 천천히 하나에서 다섯까지 세어본다. "하나, 둘, 셋, 넷, 다섯", 다음에는 서서히 눈과 눈썹의 긴장을 푼다. 풀 때도 마찬가지로 눈과 눈썹에 집중하여 천천히 이완시킨다. "하나, 둘, 셋, 넷, 다섯."

다음은 뺨을 긴장하고 이완한다. 뺨의 근육을 위로 잡아당기면서 마음속으로 천천히 하나에서 다섯까지 세어본다. "하나, 둘, 셋, 넷, 다섯", 다음은 뺨의 근육을 서서히 풀어준다. 풀 때도 마찬가지로 뺨에 집중하여 천천히 이완시킨다. "하나, 둘, 셋, 넷, 다섯."

다음은 턱과 입을 긴장하고 이완한다. 턱에 힘을 주고 입을 크게 벌리면서 마음속으로 천천히 하나에서 다섯까지 세어본다.

"하나, 둘, 셋, 넷, 다섯" 다음에는 서서히 턱과 입의 긴장을 푼다. 풀 때도 마찬가지로 턱과 입에 집중하여 천천히 이완시킨다. "하나, 둘, 셋, 넷, 다섯"

이런 방법으로 목과 어깨, 가슴, 배와 등, 팔과 손, 그리고 다리와 발의 근육을 차례로 긴장시켰다가 이완시킨다. 근육을 긴장시켰다가 이완하고 나면, 온몸이 편안하게 이완된다. 이 방법을 마친 후 잠시 편안한 상태에 머무른다. 이전보다 한결 기분이 좋아지고 몸이 개운해 진 것을 느낄 수 있을 것이다. 아래의 방법은 짧은 시간에 사무실에서도 실천할 수 있는 방법이다.

🔻 불안을 다루는 점진적 근육이완법 ⋯⋯⋯⋯⋯⋯⋯⋯⋯⋯⋯⋯⋯⋯⋯⋯⋯

1. 사무실에서 척추를 곧바로 하고 의자에 편안하게 앉는다. 긴장과 이완은 각각 5초 정도를 한다.
2. 머리를 뒤로 젖히며 긴장시켰다가 긴장을 풀고 아래로 내리면서 이완한다.
3. 주먹을 꽉 쥐면서 양 팔의 근육을 긴장시켰다가 긴장을 풀고 이완한다.
4. 가슴과 배에 힘을 주고 긴장시켰다가 긴장을 풀고 이완한다.
5. 양쪽 다리와 엉덩이에 힘을 주고 긴장시켰다가 긴장을 풀고 이완한다.
6. 양발을 위로 향하게 하면서 발목과 발전체를 긴장시켰다가 발을 아래로 떨어뜨리면서 이완한다.

매일 30분씩 '불안 일기' 쓰기

언젠가 나는 사랑하는 사람이 자신을 떠나버릴지 모른다는 불안에 사로잡혀 있는 20대 후반의 여성을 상담한 적이 있다. 그녀는 남자친구가 약속시간에 조금이라도 늦게 오거나 전화연결이 제때 되지 않으면 불안해하면서 견딜 수 없어 했다.

남자친구가 항상 그녀 곁에 있을 거라고 이야기를 해주어도 그녀는 그 말을 믿지 못했다. 그런 일이 있을 때마다 남자친구에게 왜 자기를 불안하게 하느냐면서 따지고 들어 남자친구는 그녀의 태도에 점차 힘들어하고 있었다.

나에게 상담을 받으면서 그녀는 자신이 느끼는 불안의 근원이 어린 시절 부모로부터 충분한 사랑을 받지 못했기 때문이라는 사실을 알게 되었다. 그리고 그녀는 그 때 형성된 불안을 지금 남자친구에게 계속 '투사'하고 있다는 것을 통찰하고 난 후 자신이 느끼는 불안의 실체를 명확하게 볼 수 있었다.

불안 때문에 자신뿐 아니라 남자친구까지 힘들게 하고 있다는 것을 안 그녀는 불안을 벗어나야겠다는 강한 결심을 하게 되었다. 나는 그녀에게 불안과 관련된 일기를 매일 30분 동안 쓰게 했다. 마음속에 고통이나 어려움이 있을 때 해결하는 좋은 방법 중 하나는 글을 쓰는 것이다.

페네베이커는 글쓰기의 치유효과에 대해서 연구한 심리학자

중 한 사람이다. 그는 대학생을 대상으로 두 집단으로 나누어서 한 집단은 하루에 30분씩 3일~5일 동안 매우 고통스러웠던 경험에 대한 생각과 감정을 적게 하고, 다른 한 집단은 비감정적인 주제에 대해서 글을 쓰게 했다.[6] 추후 연구 결과 첫 번째 집단은 두 번째 집단보다 병원에 덜 가며, 술을 적게 마시고, 더 좋은 학점을 받은 것으로 나타났다.

그녀는 처음에 남자친구에 대한 불안으로 시작해서 점차 부모로부터 느꼈던 불안에 대해서 쓰기 시작했다. 자신이 얼마나 사랑받고 이해받고 싶었는지에 대한 감정을 어느 정도 쏟아내고 나자 그녀는 삶을 건강하고 밝게 살고 싶다는 내용을 적기 시작했다.

자신의 경험에 대해서 글을 쓰게 되면 자신이 가지고 있던 문제를 이해하게 되면서 그에 대한 통찰이 생긴다. 그래서 변화가 일어난다. 불안이 표출되는 통로를 마련해 주면 그것은 조용히 흘러간다.

또 다른 방법은 집중명상을 하면서 가족, 건강, 돈, 그리고 직장 중에서 자신이 가장 집착하는 대상을 하나 정해서 그것이 사라지거나 변하면 어떻게 될지를 상상하고, 그것을 통해 떠오르는 불안을 느껴보는 것이다. 나는 상담하는 중에 그녀에게 만약 남자친구가 자신을 떠나면 어떻게 될 것 같은지를 상상하게 했다. 그 때의 장면을 생생하게 상상하면서 떠오르는 생각이나 감정을 모두 느껴보게 했다.

상담을 시작한 첫 번째 주에는 30분 동안 이 과정을 하게 했고 매주 시간을 점차 줄여갔다. 처음에 그녀는 강렬한 고통을 경험했지만 동일한 과정을 반복적으로 경험하고 나니 점차 불안이 감소되었다.

이처럼 불안을 느끼는 장면이나 상황에 노출함으로써 불안을 극복하게 하는 방법을 '홍수법'이라고 한다. 불안에 노출하는 방법은 위의 경우처럼 상상에 의해서 직면하는 방법도 있고, 직접적으로 직면하는 방법도 있다. 사람들은 불안을 느끼는 대상이나 상황에 노출이 되면 처음에는 강한 불안을 느끼지만 계속 반복이 되다보면 그 강도는 점차 약해지게 된다.

생각의 오류 바로잡기

옷을 꼼꼼히 개는 사람, 숟가락과 젓가락의 끝을 한 치의 오차도 없이 맞추는 사람, 일렬로 놓여 있는 수건의 끝이 꼭 바르게 맞춰져야 하는 사람. 우리는 이 같은 사람들은 흔히 '꼼꼼하다'라고 표현한다.

그런데 문제는 그 꼼꼼함이 지나쳐 마치 집착처럼 '그렇게 되지 않으면 안 될 것' 같은 생각을 가지는 경우다. 특히 이런 지나친 행동이 자신의 직업과 관련이 있다면 더욱 더 신경정신학적 질환을 의심해봐야 한다. 습관이 아닌 강박증으로 남아버리는 수가 있기 때문이다.

실제로 얼마 전 〈월스트리트저널〉은 대부분 의류체인점 점원으로 일했던 이들이 그만둔 뒤에도 강박적으로 옷을 정확히 개야 하는 버릇 탓에 고생한다며, 이를 '옷 개기 강박증'이라고 설명한 바 있다.[7]

직장인들이 가끔 경험하는 불안장애 중 하나는 위와 같은 강박장애다. 조그만 실수라도 용납되지 않는 일을 하는 사람의 경우, 일을 완벽하게 마쳐야 한다는 강박관념을 가지기 쉽다. 물론 일을 완벽하게 마무리하는 것은 좋은 일이지만, 강박관념을 가지고 있으면 불안한 마음으로 일을 하게 되고, 다 마친 일도 몇 번이나 확인하게 되는 강박행동에 빠지게 된다.

이런 경우 자신이 불안해하는 일에 대한 생각을 변화시킴으로써 불안을 다스릴 수 있다. 심리학자인 벡은 사람들이 불안을 느끼는 이유는 생각의 오류 때문이라고 보았다.[8] 그래서 사람들이 불안을 다스리려면 생각의 오류를 알고, 생각을 재구성하면 된다고 보았다. 사람들에게 불안을 일으키는 생각의 오류는 여러 가지가 있는데, 그 중 대표적인 것을 살펴보면 다음과 같다.

먼저 한 사건으로부터 내린 부정적인 결론을 다른 상황에 부적절하게 적용시키는 것을 '과일반화'라고 하는데, 이것은 예를 들어 예전에 자신이 고객사에 가서 제안서를 발표했는데 다른 회사가 선정이 된 경우, 자신이 발표를 잘 하지 못해서 떨어진 것이라고 생각하면서 다른 프로젝트들도 두려워하며 참가신청을 하지 않는 것이다.

그리고 자신이 불안해하는 사건을 지나치게 두려워하는 것을 '파국화'라고 하는데, 이것은 예를 들어 책을 내는 편집자가 책을 낸 후에 오타를 발견하면 자신이 모든 책임을 져야할 뿐만 아니라 책을 새로 인쇄해야 할지 모른다는 두려움에 사로잡히는 것과 같은 경우다. 그래서 그런 편집자는 남들보다 항상 지나치게 교정을 보는 강박행동에 빠지게 된다.

또한 모든 것을 최상이나 최악으로만 생각하는 것을 '이분법적인 사고'라고 하는데, 불안한 사람들은 대부분 나쁜 쪽으로만 생각한다. 이것은 전무(全無)적인 사고라고도 하는데, 예를 들어 "이번 과제를 잘 하지 못했으니, 승진에 실패한거지"라고 생각하는 것이 대표적인 예다.

❤️ **불안을 일으키는 생각을 변화시키는 방법** ···

1. 불안이 느껴질 때 어떤 생각이 같이 떠오르는지 적어본다.

2. 그런 생각들은 어디에서 기초하는지 살펴본다.

3. 그런 생각들은 과연 타당한가를 평가해본다.

4. 문제를 해결하기 위한 합리적인 생각은 어떤 것인지 적어본다.

···

6장

우울 다이어트

人有鷄犬放이면 則知求之하되
有放心而不知求하나니
學問之道는 無也라 求其放心而已矣니라

사람이 닭과 개가 도망가면 찾을 줄을 알되,
마음을 잃고서는 찾을 줄을 알지 못하니
학문의 길은 다른 것이 없다.
그 잃어버린 마음을 찾는 것일 뿐이다.

−맹자

슬퍼서 걸리는 영혼의 감기

영화 〈인생은 아름다워〉는 크라이슬러가 작곡한 '사랑의 기쁨'과 '사랑의 슬픔'이 차례로 그려지는 영화다. 영화의 전반부는 순수하고 유머감각이 뛰어난 귀도가 아름다운 도라를 만나 사랑에 빠져서 행복한 가정을 꾸리는 이야기가 그려진다.

그러나 인생의 기쁨과 행복은 오래가지 못하고 슬픔과 고통으로 변해버린다. 유태인인 귀도는 아들 조슈아와 같이 수용소에 갇혀버리기 때문이다. 그는 사랑하는 아들을 위해서 수용소에서 일어나는 일들 하나하나를 연극처럼 희화화한다.

만약 당신이 수용소라는 극단적인 환경에 있다면 어떤 선택을 했을까? 절망과 무기력에 빠졌을까? 아니면 희망과 낙관을 가졌을까? 우리가 이 영화를 보고 감동받는 이유는 삶의 나락에 떨어겼을 때도 밝음을 선택하는 주인공의 강한 생명력 때문이다.

살다보면 우리는 가끔 모든 희망이 사라지고, 삶이란 아무런 의미를 갖지 못한 듯한 생각이 들 때가 있다. 동시에 사방을 둘러봐도 절망이라는 표시가 새겨진 문만 보이며, 마치 끝을 알 수 없는 바닥으로 추락하는 듯한 느낌이 들 때도 있다. 이런 경우 우리는 우울증에 빠졌다고 할 수 있다.

우울증은 슬픔에서 비롯되는 감정이다. 소중한 사람과 헤어졌을 때, 희망을 상실하거나 목표를 이루지 못했을 때 우리는 슬픔을 느낀다. 그 때 느끼는 슬픔은 우리의 상실감과 공허감을 어루만지고 정화시킨다. 우리는 슬픔을 통해서 이별한 사람이 얼마나 소중했는지를 느끼며 희망과 목표로부터 멀어진 자신을 되돌아보게 된다. 그런 시간은 우리에게 의미 있는 순간이다. 되돌아봄을 통해서 자신을 점검하며 삶의 의미를 새롭게 느낄 수 있기 때문이다. 그러나 이 시간들이 너무 오랫동안 지속되거나, 일상생활에 지장을 초래할 정도로 강할 때 슬픔은 우울증으로 변해버린다.

우울증이 문제가 되는 가장 큰 이유는 우울증에 빠지면 의욕을 상실하기 때문이다. 우울증에 빠진 사람들에게 삶이란 무의미하고 무가치하게 느껴진다. 자신의 삶은 더 나아질 가망이 없다는 절망에 사로잡히게 된다.

무기력이 우울증을 가져온다?

누구나 살아가면서 한번쯤은 실패를 하고, 사랑하는 사람과 이별을 한다. 우울증에 대한 이해가 부족한 사람들은 우울증을 정신력이 부족하거나 의지가 약해서 생기는 것이라고 본다. 그러나 우울증은 정신적인 감기라고 불릴 정도로 누구나 흔하게 경험할 수 있는 것이다. 그렇다면 사람들은 왜 우울증에 걸리는 것일까? 우울증을 설명하는 이론은 다음과 같은 것들이 있다.

첫 번째는 사랑 때문에 생기는 우울증을 잘 설명해 주는 정신분석학적인 이론이다. 프로이드는 사람들이 어린 시절에 부모로부터 사랑받지 못한다고 느낄 때 분노를 느끼게 되는데, 그것이 외부로 표출되지 못하고 억압되어 자신에게로 향하게 되는 것이 우울증의 출발점이라고 본다.[1]

그런 사람은 성인이 되어서도 사람과의 관계에서 사랑받지 못한다고 느낄 때 과거의 경험들이 되살아나면서 우울증에 빠지게 된다. 이런 경우에는 자신이 부모와의 관계에서 결핍된 욕구를 현재 다른 사람과의 관계에서 재현하고 있다는 사실을 깨달아야 한다.

다음은 삶에서 즐거움이 사라지면 우울증에 빠지게 된다고 보는 관점이다. 레빈슨과 톡킹톤은 사람들이 우울증에 빠지게 되는 이유는 칭찬이나 보상과 같은 '긍정적인 강화'가 부족하기 때

문이라고 보았다.[2]

예를 들어 대출금을 갚느라 생활비가 부족해서 항상 절약하는 생활을 해야 하거나, 아무리 노력해도 야단만 치는 상사와 일을 해야 하는 환경에 있을 때 사람들은 우울증에 빠지기 쉽다. 이런 경우 삶에서 사소한 즐거움을 찾는 노력을 하거나 상사에 대한 태도를 달리할 필요가 있다.

세 번째는 우울한 사람들은 부정적인 사고방식을 가지고 있기 때문에 우울해진다고 보는 인지주의 이론이다. 벡은 우울한 사람들은 부정적인 사고의 틀을 가지고 있으며, 자신, 세계, 그리고 미래에 대해서 부정적인 전망을 한다고 보았다.[3]

여기서는 우울한 사람들은 동일한 사건을 경험해도 부정적으로 해석하기 때문에 우울해진다고 본다. 그래서 우울한 사람들의 부정적인 사고방식을 긍정적으로 변화시키면 결국에는 우울증을 회복할 수 있다고 한다.

마지막으로 우리가 부정적인 사건을 반복해서 경험하면 상황이 나아질 것이라는 희망을 잃어버리고 우울해진다는 셀리그만의 '학습된 무기력 이론'이 있다.[4] 그는 첫 번째 단계에서 개들을 구금 장치에 묶어두고 반복해서 전기충격을 주었다. 두 번째 단계에서는 장애물을 설치해서 그것을 뛰어넘으면 전기충격을 피할 수 있는 상황을 만들었다.

연구 결과 첫 번째 단계를 경험하지 않은 개들은 두 번째 단계에서 전기충격을 쉽게 피하는 반면에, 첫 번째 단계를 경험한 개들은 두 번째 단계에서 그 상황을 도피하지 못하는 것으로 나타났다. 즉 도망칠 수 없는 상황에서 전기충격을 받은 개들은 무기력을 학습하게 되어서 전기충격을 피할 수 있는 상황이 되어도 피하지 못한다는 것이다.

여러 회사들에 입사 지원을 해서 몇 번 떨어지거나 승진에서 여러 번 탈락했을 때 사람들이 우울증에 빠지는 이유를 학습된 무기력 이론으로 설명할 수 있다. 어떤 사람은 대학 입시에 한번 실패하고도 우울증에 빠지는 경우가 있는데, 사람들은 한번이라도 큰 충격을 받으면 무기력해질 수 있기 때문이다. 이 경우 자신이 느끼는 우울증이 학습된 것이라는 것을 알고 긍정적인 방향으로 행동을 변화시켜야 한다.

우울증의 여러 가지 모습

주변을 둘러보면 유난히 기분변화가 심한 사람이 있다. 그런 사람은 어떤 때는 별다른 이유 없이 기분이 처져서 업무성과가 오르지 않는다면서 힘들어하다가, 어떤 때는 전날 늦게까지 회식을 했는데도 다음 날 힘이 펄펄 넘친다면서 혼자서 사무실을 휘젓고 다닌다.

그런 사람은 '양극성 우울증'을 경험하고 있을 가능성이 높다. '단극성 우울증'은 우울한 상태만 나타나는 우울증을 말하며, 양극성 우울증은 우울증과 반대되는 특성을 보이는 조증이 우울증과 번갈아 나타나는 것을 말한다. 그래서 양극성 우울증을 '조울증'이라고도 부른다.

조증인 상태에 있는 사람은 자신감이 팽배해지고, 의기양양하고, 들떠있게 된다. 평소보다 말이 많아지고, 사고를 비약하는 경향이 있다. 조증은 우울증에 대한 보상작용으로 일어나는 것이라고 보는 견해가 지배적이다.

이 밖에도 특정한 계절에 생기는 계절성 우울증이 있다. 내가 아는 후배는 사랑하는 사람과 봄에 헤어진 적이 있는데, 그 때 이후 벚꽃이 흩날리는 봄만 되면 우울증에 빠진다. 하염없이 떨어지는 꽃잎을 보면서 괴로워하다가 태양이 강렬해지는 여름이 되면 그녀는 비로소 우울증의 마법에서 풀려난다.

계절성 우울증은 겨울에 시작해서 이른 봄에 끝나는 겨울철 우울증이 가장 많이 나타난다. 겨울철 우울증은 겨울에 태양빛이 감소하기 때문에 멜라토닌의 부족에서 생기는 경우가 많다. 사람들은 자외선의 위험 때문에 태양빛을 과도하게 두려워하는 경향이 있는데, 의사들은 하루에 30분 정도는 태양빛을 쪼이는 것이 불면증이나 우울증을 치료하는 데 좋다고 한다.

그리고 여자들이 아이를 낳고 나서 생기는 산후 우울증이 있다. 산후 우울증은 원하지 않은 임신, 원만하지 않은 결혼생활, 직장생활과 가정생활을 병행하는 것에 대한 어려움, 그리고 경제적인 문제 등의 원인으로 생긴다. 산후 우울증에 빠진 사람의 경우에는 가족의 따스한 보살핌이 필요하다.

또 우울증이 근본적인 원인이지만, 신체적인 문제나 다른 행동으로 드러나는 '위장된 우울증'이 있다. 위장된 우울증에 빠진 사람들은 실제로는 우울하지만 우울 증상을 드러내지 않고 감춰버린다. 그렇게 하는 이유는 자신이 우울증에 빠졌다는 것을 알지 못하거나 우울증에 빠진 것을 인정하고 싶지 않기 때문이다. 애인과 헤어지고 난 후 별로 슬퍼하지 않고 오히려 일에 과도하게 매달리는 사람, 취직에 실패한 후에 먹는 것에 집착해서 살이 10킬로그램이나 찐 사람은 자신의 우울증을 은폐하고 있을 가능성이 높다. 사람들이 우울증에 빠지면 식욕과 수면에 변화가 일어난다. 그래서 지나치게 체중이 증가하거나 감소하기도 하고, 불면증에 시달리거나 과도하게 잠을 자기도 한다. 그리고 집중력과 사고력이 감소하며 삶이 공허하고 무의미하다고 느낀다.

사람들이 우울증에 빠지면 삶에서 일어나는 모든 일에 무관심해지며 즐거움과 기쁨을 잃어버린다. 또한 활력도 떨어지고 쉽게 피로감을 느낀다. 그렇기 때문에 업무성과가 현저하게 떨어지게 된다. 지금부터 소개하는 명상법들과 심리적인 방법들은 우울증을 극복하는데 도움이 되는 방법들이다.

기운을 쌓는 호흡과 생명력을 깨우는 춤 명상

명상자세로 앉아서 편안하게 숨이 들어오고 나가는 것을 느껴본다. 명상을 하면서 하늘에서부터 밝은 빛이 내려와서 자신의 온몸을 비춘다고 상상한다. 항문은 인간의 생명력을 일으키는 에너지 통로인 물라다라 차크라와 관련이 있는 곳이다. 그곳을 활성화시키는 명상을 하면 삶에 대한 활력을 찾는 데 도움이 된다.

명상을 하면서 의식을 배꼽에서 3센티미터쯤 아래에 위치한 단전에 둔다. 숨을 들이쉬면서 항문을 부드럽게 수축시키고, 내쉬면서 항문을 부드럽게 풀어준다. 다시 들이쉬는 호흡을 따라서 항문을 수축시키고, 내쉬면서 항문을 풀어준다. 이런 동작을 하면서 30분 정도 명상을 한다.

아울러 기운을 쌓는 호흡법을 한다. 축기(畜氣)하는 호흡법은 다음과 같다. '하나, 둘, 셋'을 세면서 숨을 들이쉬고, '하나'를 세면서 잠시 숨을 멈춘다. 그리고 '하나, 둘, 셋, 넷, 다섯'을 세면서 숨을 내쉬고, '하나'를 세면서 숨을 멈춘다. 숨을 들이쉴 때보다 내쉴 때 더 천천히 하고, 숨을 들이쉬고 내쉬는 중간에 잠깐 쉬어주는 것이 이 호흡법의 요점이다. 숫자를 셀 때는 마음속으로 하고 각 과정을 부드럽게 한다.

사람들은 보통 명상을 앉아서만 하는 것이라고 생각하지만, 행주좌와(行住坐臥)라고 해서 움직이고, 머무르고, 앉고, 눕는 모든 순간에 명상을 할 수 있다. 우울증을 다스리는 좋은 방법 중 하나는 생명력을 깨우는 춤 명상을 하는 것이다.

춤 명상을 할 때는 식사를 하기 전 한 시간 전과 한 시간 후는 피한다. 그리고 조용한 장소에서 헐렁한 옷을 입고 양말은 벗고 하는 것이 좋다. 자신이 좋아하는 경쾌한 음악을 틀어두고 한다. 춤 명상을 하는 시간은 40분 정도가 좋다. 처음 20분은 음악에 맞추어서 몸을 터는 동작만 한다. 팔과 다리, 그리고 몸 전체를 가볍게 털어주는 동작을 하다가 점차 강하게 털어준다. 20분이 지난 후부터는 음악에 맞추어서 춤을 춘다. 혼자서 추는 춤이기 때문에 다른 사람의 신경을 쓸 필요도 없고, 잘 추려고 애쓸 필요도 없다. 흥겹게 음악에 맞추어서 자신이 하고 싶은 대로 춤을 춘다. 세상에서 가장 아름다운 꽃도 되어보고, 자유롭게 벌판을 날아다니는 나비도 되어본다. 유유히 흘러가는 구름도 되어보고, 나뭇잎을 부드럽게 간질거리는 바람도 되어본다. 사랑하는 사람에게 그 마음을 담아서 표현해보기도 하고, 가슴속에 자리한 깊은 슬픔을 토해버리기도 한다.

춤을 추는 순간에는 온전히 춤에 몰입한다. 거기에는 삶의 고통이나 번뇌가 존재하지 않는다. 춤 명상을 마친 후에는 편안하게 바닥에 누워서 온몸을 이완한 후 5분 정도 쉬어준다. 그런 후 앉아서 집중명상을 한다. 격렬해진 심장이 부드러워지고 깨어나서 활발하게 움직였던 몸의 온 세포들이 고요해지는 것을 느껴본다.

내 머릿속에 들어 있는 '우울 회로'

대부분의 사람들은 의식적으로 깊이 생각하지 않고 판에 박힌 일상생활을 한다. 아침에 일어나서 머리를 감을 때, 아침식사를 할 때, 그리고 회사에 가기 위해서 운전을 하거나 전철을 탈 때, 의식적으로 자신의 사고과정을 들여다보면서 행동하는 사람은 드물 것이다.

새로운 과제나 업무를 할 때를 제외하고, 대부분의 경우 사람들이 업무를 처리하는 과정도 자동적으로 이루어진다. 복사를 하거나 팩스를 보낼 때, 자료를 정리하거나 파워포인트로 문서작성을 할 때, 자신의 행동을 의식하면서 하는 경우는 별로 없을 것이다. 이와 같이 자동적으로 움직이는 행동과정처럼 자동적으로 생각하는 것을 '자동적인 사고과정'이라고 한다.

사람들의 일반적인 사고 특성 중 하나가 자동적인 사고과정인데, 우울증에 빠진 사람들의 특징 중 하나가 자동적인 사고를 부정적으로 한다는 것이다. 즉 우울증에 빠진 사람들의 머릿속에는 부정적인 자동적 사고과정의 길이 나 있다고 보면 된다. 그렇기 때문에 어떤 경험을 해도 우울한 사람들은 머릿속에 나 있는 부정적인 길로 정보가 처리되기 때문에 결국 우울해질 수밖에 없다.

그런 부정적인 자동적 사고과정을 멈추는 방법 중 하나는 마음에서 일어나는 생각을 알아차리는 지혜명상을 하는 것이다. 생각을 알아차린다는 것은 마치 자신의 머릿속에 있는 정보처리 시스템을 알게 되는 것과 같다.

최근 지혜명상에 기초해서 우울증을 치료하려는 연구들이 있다. 한 연구에서는 우울증이 있는 사람들에게 10주 동안 지혜명상을 하게 했는데, 연구 결과 지혜 명상을 한 사람들은 10주 후에 우울증과 스트레스 증상이 현저히 감소한 것으로 나타났다.[5]

지혜명상은 영어로 'mindfulness(마음챙김)'이라고 한다. 이것은 자신의 생각이나 감정, 그리고 행동을 하는 모든 순간에 마음이 방심하지 않고 알아차린다는 뜻이다. 지혜명상에 기초하여 우울증을 치료하는 연구자들은 우울증에 걸린 사람들에게 생각과 감정을 있는 대로 받아들이게 한다. 그래서 긍정적인 생각이나 감정에 집착하지 않고, 부정적인 생각이나 감정 또한 혐오하지 않게 한다.[6] 그리고 우울증의 순환과정으로 들어가지 않게 하기 위해서 부정적인 생각이나 감정이 들 때 알아차리고 내려놓게 한다.

지혜명상을 하면 부정적인 자동적 사고과정을 다음과 같은 단계로 다룰 수 있다. 첫째는 자신이 부정적인 길을 따라서 정보를 처리하게 된다는 것을 알게 된다. 두 번째는 그 길을 가는 것을 멈출 수 있게 된다. 마지막으로 당신이 원하는 긍정적이거나 중도적인 길을 선택해서 새롭게 길을 만들어 갈 수 있다. 이 모든 과정은 지혜명상의 알아차림을 통해서 가능하다.

내 삶의 의미 찾기

처음 그의 노래를 들었을 때 나는 그의 배경에 대해서 전혀 알지 못했다. 왠지 발음이 불분명했지만, 걸쭉한 그의 목소리에는 슬픔과 한(恨)이 가득 차 있었다. 그의 노래를 들으면서 나의 가슴은 사정없이 아파오기 시작했다.

박영일이라는 가수를 들어본 적이 있는가? 그의 일본 이름은 에이치 아라이다. 그는 아버지를 한국인으로, 어머니를 일본인으로 둔 재일교포다. 어릴 때부터 조센징이라고 차별을 받았던 그는 울분으로 가득 찬 삶을 살다가 아버지의 고향을 찾아나선다. 그런 후 그는 〈청하의 노래〉라는 앨범을 낸다. 그의 노래에는 다음과 같은 구절이 있다.

슬픈 시대가 있었음을 나는 잊지 않고 있지만
과거에 매달려 사느니 보다 내일 바라보며 살아가는 게
인생의 길 인 줄 알았다오.

누구나 삶의 여정에서 슬픔과 절망으로 에워싼 순간을 맞이할 때가 있을 것이다. 그러나 "왜 나에게 이런 일이 일어났을까?" "왜 이렇게 삶이 고통스러울까?"라고 반문해봐도 그 이유를 알 수 없을 때가 많다.

정신분석학자인 빅터 프랭클은 유대인으로 제2차 세계대전 중에 나치수용소에 수감되어 있으면서 엄청난 육체적인 고통과 정신적인 고통을 경험한다. 사랑하는 아내와 형제들이 죽고 자신이 지니고 있던 삶의 고귀한 가치들마저 모두 무너지는 것을 경험하지만 그는 삶에 대한 의미를 결코 놓치지 않는다. 이후 수용소에서 풀려나온 그는 의미 치료를 뜻하는 '로고세라피'를 만든다.[7]

사람들은 삶의 의미를 잃어버릴 때 삶을 덧없다고 느끼면서 우울증에 빠지게 된다. 로고세라피는 사람들에게 삶의 가치와 의미를 일깨워줌으로써 의욕이 생기게 하는 치료법이다. 그는 사람들은 누구나 자기 삶의 의미를 발견해야 한다고 말한다. 그것을 깨달은 사람은 어떤 고통도 견딜 수가 있다고 보았기 때문이다.

지금까지 책과 논문을 많이 보느라 눈을 혹사한 바람에 내 눈은 약간의 문제가 있다. 그런데 며칠 전 후배가 나에게 강의와 관련된 자료를 부탁해왔다. 두 시간 정도 인터넷에서 자료를 열심히 찾다보니, 갑자기 오른쪽 눈이 침침해지면서 눈앞에 물체가 둥둥 떠다니는 비문증(飛蚊症)이 더 심하게 느껴졌다.

그 때 "혹시 오른쪽 눈이 멀어버리면 어떻게 하지?"라는 생각과 함께 후배에 대한 피해의식과 원망이 느껴졌다. 그러나 그 순간을 알아차리고 그 마음을 모두 내려놓았다. 그리고 생각했다. "만약에 그렇게 되더라도 일어나야 할 일이 일어난 것이다. 후배와는 아무런 상관없다. 그 일이 일어난다면 그저 감사히 받아들이겠다"고.

삶에서 어떤 일이 일어나더라도 항상 감사하게 받아들이는 것은 내가 가장 소중하게 여기는 수행법 중 하나다. 비문증은 작년부터 계속 되어온 문제인지라 달라지지 않았지만 침침해진 눈은 이틀이 지나니 점차 회복이 되었다.

우리는 삶의 매 순간마다 스스로에게 물어볼 수 있다. "나는 지금 어떤 마음을 선택할 것인가?" "설령 내가 가진 모든 것들을 잃어버린다고 할지라도 어떤 마음을 선택할 것인가?"

지금 우리는 맞이하고 있는 일을 우리가 고통이라고 부르고 있지만 그것이 결국 축복일지는 아무도 모른다. 고통을 축복으로 바꾸어내는 사람은 자신을 담금질하여 다시 태어나는 사람이다. 연금술사처럼 고통 속에서 삶의 아름다운 의미를 찾아내는 사람이다.

진정한 성장은 삶의 고통을 치열하게 통과하면서 이루어진다. 당신이 지금 고통스러운 상황에 처해 있다면 바로 그런 기회가 주어진 것일지도 모른다.

♥ **삶의 의미를 찾는 방법**

1. 지금 당신이 경험하고 있는 고통이 삶에서 무슨 의미가 있는지를 느껴본다.

2. 만약에 그 고통이 우주가 당신에게 준 선물이라면 왜 당신에게 그런

선물을 주었을까?

3. 그 고통을 긍정적인 언어로 바꾼다면 어떻게 표현하고 싶은가?

4. 그것을 극복하고 나면 당신 자신과 당신의 삶은 어떻게 달라질 것 같
   은가?

매일매일 스스로에게 별표 주기

내가 그녀를 처음 보았을 때 몸에 있는 활력이란 활력은 모두 빠
져나간 사람처럼 보였다. 눈의 초점은 희미했고, 얼굴의 혈색은
백짓장처럼 창백했다. 그녀는 결혼자금을 모으기 위해서 주식과
펀드에 투자를 했는데, 최근 주가 폭락으로 원금에 큰 손실을 입
어서 내년에 결혼식을 올리기로 한 계획을 취소할 수밖에 없었
기 때문이다.

그녀는 삶의 모든 의욕을 잃은 사람처럼 보였다. 회사에 겨우
다니고 있었으나 식욕부진과 불면증 때문에 고통을 받고 있었
다. 그녀는 회사에 출근하면 팀장이 시키는 일을 겨우겨우 했고,
퇴근을 한 이후나 주말에는 아무것도 하지 않고 텔레비전만 봤
다. 음식은 세끼 모두 배달로 해결했다. 나는 그녀를 상담하면서
다음과 같은 과제들을 하게 했다.

가장 먼저 하게 한 것은 생활기록표를 짜게 하는 것이었다. 나

는 그녀에게 초등학교에 다닐 때 방학이 되면 일과표를 만든 것처럼 A4지에 큰 원을 그려서 평일과 주말의 일과표를 그리게 했다. 매일매일 하나씩 만들어서 자신의 계획대로 실천을 했으면, 스스로에게 별표를 주라고 말했다.

그리고 별표를 다섯 개 받으면 '영화보기' 열 개면 '발마사지 받으러 가기' 등 별표가 쌓일 때마다 스스로에게 상을 주는 규칙을 만들어서 실천하게 했다. 그랬더니 그녀는 마치 게임을 하는 것처럼 일과표대로 실천하는데 서서히 재미를 붙이기 시작했다. 이처럼 바람직한 행동을 하고 난 후 자신에게 보상을 줌으로써 행동이 변화되는 것을 '토큰 경제 효과'라고 한다.

다음으로 그녀에게 그 동안 살면서 하고 싶었던 것을 스무 가지를 적게 했다. 처음에 그녀는 적는 속도가 느렸지만 점차 빨라지기 시작했다. 그녀가 첫 번째로 꼽은 것은 춤을 배우는 것이었다. 춤을 잘 추고 싶었지만 몸치였던 그녀는 항상 춤을 잘 추는 것에 대한 동경이 있었다.

나는 그녀에게 회사에서 가까운 백화점의 문화센터에서 춤 강의를 등록하게 했다. 그녀는 여러 춤 중에서도 특히 라틴 댄스에 관심이 있었다. 일주일에 한번 라틴 댄스를 배우면서 그녀는 점차 삶에 대한 열정을 찾아가기 시작했다.

운동이 우울증뿐만 아니라 많은 다른 심리적인 문제에 도움이 된다는 것을 모르는 사람은 없을 것이다. 많은 연구자들이 우울증에는 여러 가지 운동이 효과적이라는 연구 결과를 밝히고 있다. 그러나 문제는 우울증에 빠진 사람들이 머리로는 운동이 좋다는 것을 알고 있어도 실제로 조금이라도 움직이는 것을 매우 힘들어 한다는 사실이다.

그때는 가벼운 것부터 시작해본다. 유산소 운동은 조금 뒤로 미루고, 집 주위나 회사 주변을 산책하거나 집에서 스트레칭을 한다. 자신이 할 수 있는 가장 손쉬운 것부터 먼저 시작해보자. 요가나 태극권을 배워도 좋고 문화센터나 인터넷 까페의 동호회에서 가볍게 나이트 댄스나 라틴 댄스를 배워도 좋다.

우울증으로부터 나를 지키는 완충기

대부분의 직장인들은 자기개발에 열중하고 있다. 그런데 왜 우리는 자기개발을 해야 할까? 당신은 진지하게 고민해 본 적이 있는가? 여기 자기개발을 해야 하는 또 다른 이유가 있다.

우리는 삶의 장(場)에서 여러 가지 모습들을 가지고 있다. 예를 들어 집안 정리를 반듯하게 하고, 직장에 가서는 일처리를 똑 부러지게 한다. 그리고 가끔은 친구들을 불러 맛있는 음식을 해 먹이고 음악에도 조예가 깊을 수 있다.

우리가 가지고 있는 다양한 자기개념을 린빌은 '자기복잡성'이라고 말했다.[8] 다양한 자기개념을 가지고 있는 사람들은 자기복잡성이 높고, 단순한 자기개념을 가지고 있는 사람들은 자기 복잡성이 낮다. 그렇다면 자기복잡성이 높은 것은 어떤 장점을 가지고 있을까?

그의 연구에 의하면 자기복잡성이 높은 사람들은 낮은 사람들에 비해서 스트레스와 관련된 질병과 우울증에 걸릴 가능성이 낮은 것으로 나타났다.[9] 이런 결과에 대해서 그는 자기복잡성이 우울증이나 질병을 일으키는 스트레스의 완충기 역할을 한다고 설명했다.

이 연구 결과는 직장과 가정밖에 모르고 다른 인간관계나 취미도 거의 없는 사람이 실직했을 때는 그렇지 않은 사람보다 우울증과 스트레스와 관련된 병에 걸릴 가능성이 더 높다는 것을 시사한다. 자신의 삶에 중요한 한 축이 무너지면 그것을 받쳐줄 다른 축들이 부족하기 때문이다.

그래서 우리는 다양한 측면에서 자기를 개발할 필요가 있는 것이다. 자기의 한 측면에서 부정적인 일이 생기더라도 다른 측면들이 보충을 해줄 수 있다면 장애를 보다 쉽게 극복할 수 있기 때문이다. 여기서 명심해야 할 점은 긍정적인 자기복잡성을 가져야 한다는 것이다. 연구 결과 부정적인 자기복잡성이 높은 사람은 우울증을 비롯한 다른 정신적인 고통까지 겪을 가능성이 높은 것으로 나타났기 때문이다.[10]

당신은 과연 다양하게 자기개발을 하는 것이 회사 일에 집중하는 것보다 더 중요할까라는 의문을 가질지 모른다. 그러나 분명한 것은 퇴근을 하고 난 후의 시간과 주말은 당신에게 주어진 창조의 시간이라는 것이다. 생산적으로 에너지를 관리하는 사람이라면 그 시간들을 효율적으로 보내며 삶에서 집중과 배분의 지혜를 잘 활용할 수 있을 것이다.

7장

질투 다이어트

子曰 君子는 求諸己요 小人은 求諸己이니라

공자가 말했다.
"군자는 자기에게서 찾고,
소인은 남에게서 찾는다."

―논어

'다른 사람 보지마' '잘나가는 네가 싫어'

질투는 인류의 역사만큼이나 오래된 감정이다. 《그리스 로마 신화》를 보면 질투의 화신으로 불리는 헤라의 이야기가 나오고, 《성경》을 보면 질투 때문에 동생을 죽인 카인의 이야기가 나온다. 우리나라 삼국시대의 역사를 기록한 김부식이 쓴 《삼국사기》에도 질투가 사람들에게 어떻게 작용하는지를 보여주는 생생한 기록이 있다.[1]

진흥왕 37년(576)에 미모가 아름다운 남모와 준정이라는 여자를 뽑아 원화라고 불렀다고 한다. 이들을 중심으로 300여 명의 무리가 모였는데, 경쟁과 질투가 심해서 서로 싸우기 시작했다. 어느 날 준정이 남모를 자기 집으로 유인하여 술을 권해서 취하게 한 뒤 강물에 던져 죽였다. 그러나 그 일은 곧 발각되어 준정은 사형에 처해지고, 그 무리들도 화목을 잃어 해산하였다. 그 일이 있은 후에 출중한 남자를 선택하여 화랑이라 부르고 받들게 했는데 이것이 화랑도의 시작이다.

사람들이 느끼는 질투는 크게 두 가지로 나눌 수 있다.[2] 첫 번째는 주로 남녀 간의 사랑에서 비롯되는 것인데, 이것을 '사회적인 관계에서 생기는 질투'라고 한다. 사랑하는 사람이 다른 사람에게 관심을 가질 때 그 사람을 빼앗길까봐 질투에 사로잡히는 경우가 대부분인데, 그런 감정 뒤에 자리하고 있는 것은 사랑하는 사람이 떠날지 모른다는 불안과 그 사람을 항상 곁에 두고 싶다는 소유욕이다. 이런 질투는 많은 문학작품과 영화의 소재가 되어 왔고, 지금도 현실에서 사람들이 경험하는 고통 중 하나다.

두 번째는 주로 동성 간의 비교에 의해서 생기는 질투인데, 이를 '사회적인 비교에서 생기는 질투'라고 한다. 우리는 가끔 다른 사람이 잘 되거나 좋은 상황에 있는 것을 시샘하게 된다. 그러면서 괜히 상대방을 미워하거나 깎아내리게 되는데, 이러한 경우가 바로 여기에 속한다.

왜 우리는 질투하는 걸까?

우리나라에 "사촌이 땅을 사면 배가 아프다."는 속담이 있다. 그런데 왜 우리는 사촌이 땅을 사면 축하해 주지는 못할망정, 배까지 아픈 것일까? 이것을 아들러의 '형제간의 경쟁이론'으로 설명할 수 있다.[3] 아들러는 둘째로 태어났는데, 아들러의 어머니는 형을 그보다 더 사랑했고, 동생이 태어났을 때 어머니의 사랑은 형에게서 동생에게로 옮겨갔다. 이 같은 개인적인 경험을 통해서 그는 출생 서열과 부모로부터 사랑을 차지하려는 형제 간의 경쟁과 질투는 사람들의 성격이 형성되는 데 중요한 영향을 미친다고 주장했다.

대부분의 경우 부모가 우리에게 줄 수 있는 사랑이나 경제적인 혜택과 같은 자원은 제한적이다. '깨물어서 안 아픈 손가락 없다'고 하지만 안타깝게도 부모는 더 가치가 있다고 여겨지는 자식에게 그들의 사랑과 자원을 투자하게 된다. 따라서 형제가 있는 가정에서 자란 사람들은 부모의 사랑과 관심을 더 많이 차지하기 위해서 다른 형제들과 계속 경쟁하게 된다.

테서의 '자기평가 유지모델(SEM, self-evaluation maintenance model)'에서도 그 이유를 찾을 수 있다. 그의 말에 따르면 사람들은 자기평가를 유지하거나 증진하는 방식으로 행동하며 다른 사람과의 관계가 자기평가에 영향을 준다고 가정한다.[4] 그는 자기평가는 반영과정과 비교과정에 의해서 일어나는데, 그것에 영향을 주는 요소들을 타인과의 친밀감, 타인의 상대적인 수행, 그리고 자기와 그 수행차원의 관련성 여부라고 보았다.

반영과정은 타인의 수행을 통해서 자기평가를 하는 과정을 말하는데, 예를 들면 사촌이 땅을 샀을 때 자신이 부자라면 자기 주변사람들도 잘 된다는 생각이 들면서 자기평가가 높아진다. 그러나 내가 가난해서 땅을 살 여유가 없는 경우 비교과정이 일어나면서 자기평가가 떨어지게 된다.

이 모델을 통해 본다면 우리는 우리와 심리적으로 가까운 사람이 자신이 관심이 있는 분야에서 뛰어난 수행을 보일 때 질투를 느끼게 되는 것이다. 자신과 전혀 상관이 없는 사람이 땅을 사거나 내가 땅을 살 능력이 된다면 배가 아플 까닭이 없다.

테서가 이 모델에서 말하고자 하는 것은 우리가 다른 사람과 계속 비교를 하면 질투라는 것을 피할 수 없다는 것이다. 즉 질투를 하지 않는 방법은 이 두 가지뿐이다. 아예 남들과 비교하지 않거나 비교를 통해서 나온 결과를 긍정적으로 생각하는 것이다.

질투의 심리, 샤덴프로이데

오랜만에 대학 동창회에 나갔는데, 동기 중 한 명이 BMW를 몰고 나왔다고 가정해보자. 그런데 한 달쯤 지나서 그 친구가 투자한 주식과 펀드가 폭락해서 손해를 많이 보았다는 소식을 들었다고 하자. 그 때 당신은 "정말 안됐다. 매사에 열심인 친구였는데!"라는 생각이 들까? 아니면 거울 앞에 서서 고소함이 가득한 미소를 짓게 될까?

이처럼 다른 사람의 불행을 보고 깨소금 같은 기쁨을 느끼는 심리를 '샤덴프로이데'라고 한다.[5] 이것은 독일어로 피해를 뜻하는 '샤덴'과 기쁨을 뜻하는 '프로이데'에서 나온 말이다.

'샤덴프로이데'를 실험을 통해서 검증한 연구가 있다. 연구자들은 대학생을 대상으로 집단을 둘로 나누어서 한 집단은 뛰어난 의대 지망생에 대한 비디오를 보게 했고, 다른 한 집단은 평범한 의대 지망생에 대한 비디오를 보게 한 후, 그 의대 지망생이 약을 훔쳐서 의대 입학이 취소되었다는 비디오를 보여주었다.[6] 연구 결과 사람들은 평범한 의대 지망생보다 뛰어난 의대 지망생의 불운에 대해서 더 강한 '샤덴프로이데'를 경험한 것으로 나타났다.

그렇다면 우리가 불운이나 불행을 겪고 있는 사람들을 볼 때 동정심을 느끼는 것을 어떻게 설명해야 할까? 우리는 언제 '샤덴프로이데'를 느끼는 것일까? 그것을 설명해주는 연구가 있다.

연구자들은 대학생을 대상으로 피험자를 남성과 여성으로, 그리고 대상자를 남성과 여성으로 구분해서 '샤덴프로이데'의 효과를 검증했다.[7] 그 결과 피험자들은 성이 같은 대상자에 대해서는 '샤덴프로이데'가 강하게 나타났으나 다른 성별을 가진 대상자에 대해서는 그렇지 않은 것으로 나타났다.

이 같은 연구 결과들은 우리는 지구 반대편에 있는 영화 배우인 안젤리나 졸리나 축구선수인 베컴에 대해서는 거의 질투하지 않고, 대신 이효리나 장동건을 질투하며 그들보다 더 가까이 있는 회사 동료들이나 친구들을 더 많이 질투한다는 것을 시사한다. 여기서 우리는 다시 한 번 "사촌이 땅을 사면 배가 아프다"라는 속담의 위대함을 엿볼 수 있다.

마음의 그릇 넓히기

우리의 마음에 질투가 생기면 질투를 유발한 사람에 대한 미움과 자신에 대한 열등감이 불꽃처럼 일어난다. 질투를 하면 우리의 마음은 계속 어두워지며 기분은 더욱 나빠진다. 우리는 질투에 사로잡혀서 고통 받을 것이 아니라 그것을 통해서 배울 수 있는 것이 어떤 것인지를 알 필요가 있다.

질투는 나도 잘 되고 잘 살고 싶다는 욕망에서 비롯된다. 우리가 질투를 잘 이해하고 다스린다면 그 힘을 긍정적인 방향으로 활용할 수 있을 것이다. '질투는 나의 힘'이라는 영화도 있지 않은가? 지금부터 말하는 명상법과 심리적인 방법들은 질투로부터 자유로워지는 방법들이다.

사촌이 땅을 사면 아픈 곳이 가슴도 아니고 머리도 아니고 왜

배일까? 그것은 배에 있는 위장은 음식물을 소화할 뿐만 아니라 삶에서 일어나는 모든 일들을 받아들이는 곳이기도 하기 때문이다. 요가에서는 배에 있는 에너지 통로를 '마니푸라 차크라'라고 한다.

삶에서 일어나는 일을 있는 그대로 받아들이지 못할 때 우리의 위장은 긴장하면서 문제가 생긴다. 따라서 질투가 생길 때 배가 아픈 것은 다른 사람에게 좋은 일이 일어나는 것을 있는 그대로 받아들이지 못하기 때문이다.

이럴 때 의식을 배에 두고 당신의 가슴에 가득한 사랑이 배로 흘러들어가고 있다고 상상하면서 집중명상을 한다. 고요하고 평화로운 호흡과 함께 당신의 배를 부드럽게 풀어준다. 사랑하는 사람의 얼굴을 어루만지듯이 당신의 배를 어루만져 본다. 숨을 들이쉬고 내쉬면서 꼬여 있던 마음의 가닥들을 하나씩 천천히 풀어낸다.

차크라 명상법은 색을 가지고 하는 방법과 소리를 가지고 하는 방법이 있다. 마니푸라 차크라의 색은 노란색이나 황금색에 해당하며 소리는 '미'에 해당하는 곳이다. 집중명상을 하면서 황금빛 들판이 밝은 햇살 아래에서 바람에 따라 출렁거리는 풍경을 떠올린다. 그 넓은 들판에 가득한 풍요를 느껴본다. 우주는 풍요로우며 당신의 마음에도 그 풍요가 가득하다. 지금 당신이 질투에 사로잡혀 있는 것은 넓은 우주에서 단 하나에만 초점을 맞추고 있기 때문이다. 당신의 시야를 넓고 광활한 황금빛 들판으로 돌린다.

소리명상은 소리에 집중해서 마음을 고요하게 하는 것이다. 낮은 목소리로 하거나 마음속으로 "미~"라고 하면서 집중명상을 한다. 소리를 내는 동안 호흡을 참지 않고, 부드럽게 한다. "미~"라는 소리가 당신의 목을 통해서 아래로 내려가 배까지 닿는다고 상상한다. 배까지 내려간 소리가 배의 세포들을 건강하고 활기차게 만들어준다고 상상한다. 이렇게 마니푸라 차크라를 치유하는 집중명상을 하면 질투로 들썩이던 당신의 마음은 점차 고요해질 것이다.

사람들이 질투를 느끼면 감정적인 균형에서 벗어난다. 이것을 해결하는 방법 중 하나는 명상을 하면서 자비희사(慈悲喜捨)의 마음을 기르는 것이다.[8] 자(慈)는 자신과 타인의 행복을 진심으로 갈망하는 것이며, 비(悲)는 자신과 타인이 고통으로부터 자유로워지기를 진심으로 바라는 것이다. 그리고 희(喜)는 자신과 타인의 기쁨과 미덕을 즐거워하는 것이고, 사(捨)는 자신의 관점에서 좋고 싫음이 없이 타인의 행복에 관심을 두는 평정함을 말한다.

집중명상을 하면서 자비희사의 마음을 차례로 느껴본다. 명상을 하면서 당신과 당신의 가족뿐 아니라 지구의 모든 존재들이 행복해지기를 진심으로 염원해본다. 매일 밤 당신이 이 명상을 하게 되면 당신의 가슴은 온 우주를 담을 수 있을 만큼 넉넉해질 것이다.

질투를 인정하고 멈추기

회사에서 자신보다 성과가 뛰어난 동료나 후배를 보고 질투를 느끼지 않을 사람은 거의 없다. 사람들은 다른 사람에게 질투를 느낄 때 보통 험담이나 뒷얘기 등을 하면서 감정을 표현한다. 예를 들면 "저 사람은 일은 제대로 하는 게 없으면서 아부 잘하는 건 타고 났어" "저렇게 꾸밀 정신이 있으면 서류 하나를 더 보지. 매일 징징거리기만 하고 말이야"라는 말을 하면서 말이다. 하지만 사실 당신은 상사한테 칭찬 받고 사내 사람들에게 인기 있는 그에게 생기는 질투를 숨기기 힘들다. 왜냐면 자신은 그 사람을 합리적으로 비판한다고 생각하지만 그런다고 해서 마음속의 질투가 사라지는 것이 아니기 때문이다.

사람들은 자신을 속이 좁은 사람으로 인식하기를 원하지 않기 때문에 다른 감정을 느낄 때보다 질투를 느낄 때 그 감정을 부인하는 경우가 더 많다. 그럴 경우 질투는 점차 왜곡되어 생각과 감정을 혼란스럽게 만든다. 문제의 원인은 질투에 있는데, 그것을 감추려고 하다 보니 마치 실타래가 꼬이는 것처럼 종잡을 수 없이 마음의 혼란에 빠지는 것이다.

사람들의 자존심이 손상되면 그것을 회복하기 위해서 무의식적인 차원에서 방어기제를 사용한다고 말한 것은 프로이드다. 그런 방어기제는 일시적으로 사람들에게 위안이 되지만 문제해결에는 도움이 되지 않는다. 실은 상사의 칭찬을 받고 싶지만, 겉으로는 마치 그런 칭찬에 초연한 사람인 양 행동하는 '반동형성'과 같은 것이 바로 방어기제의 한 예다.

다른 사람에 대한 이유 없는 미움과 부러움이 같이 소용돌이칠 때 혹시 자신이 그 사람에게 질투를 느끼는 것이 아닌지 스스로에게 물어본다. 만약에 그렇다면 스스럼 없이 그 마음을 멈춘다. 자신의 마음을 알아차리는 지혜명상은 그것을 가능하게 해준다.

연구자들은 지혜명상은 네 가지 요소가 있다고 보았다.[9] 첫 번째는 자신의 생각과 감정, 그리고 몸의 변화를 알아차리는 것이다. 두 번째는 그것들을 기술하거나 이름을 붙이는 것이다. 세 번째는 판단하지 않고 일어나는 모든 것들을 수용하는 것이다. 네 번째는 초심자의 마음으로 현재의 순간에 존재하는 것이다.

질투가 느껴질 때 떠오르는 생각이나 감정, 그리고 몸의 변화를 모두 알아차려 본다. 그리고 그것을 미움, 서운함, 화남, 그리고 시기심 등으로 이름 붙여본다. 질투를 하는 자신을 판단하지 않고, 질투를 없애려고도 하지 않고, 떠오르는 생각과 감정을 있는 그대로 받아들인다. 마지막으로 과거의 기억이나 미래의 상상으로 도망가지 말고 현재의 순간에 존재한다.

질투는 일종의 습관이다. 지혜명상을 통해서 자신의 질투를 깨닫는다. 그리고 동시에 남을 비판적으로 바라보는 부정적인 사

고방식을 알아차린다. 자신의 깊은 마음에서 올라오는 질투를
있는 그대로 바라볼 때 당신은 질투를 멈출 수 있다.

'살리에르 증후군'에서 탈출하기

영화 〈아마데우스〉에는 당대 천재라고 불리던 모차르트와 그를 시
기하는 살리에르가 나온다. 그 영화는 모차르트의 재능에 경탄하
면서 질투하는 살리에르의 모습을 섬세하게 그리고 있다. 아마 평
범한 사람이 이 영화를 봤다면 비범했던 모차르트보다 살리에르에
게 더 많은 공감을 했을 것이다. 대부분의 사람들은 자기보다 뛰어
난 사람이 나타나면 자신이 얼마나 뛰어나든 상관없이 열등감에
시달리는 증상을 보인다. 이를 '살리에르 증후군'이라 부른다.
　앞에서도 잠시 언급했듯이 질투는 다른 어떤 감정보다 인정하
는 것이 힘들다. 그 이유는 질투가 자존감과 관련 있기 때문이
다. 자존감은 자신이 가치 있고 능력있으며 중요하다고 생각하
는 감정이다. 연구 결과에 의하면 자존감이 낮은 사람들은 높은
사람들보다 더 많은 질투를 경험한다.[10]
　앞에서 말한 아들러는 작은 키와 나쁜 시력 때문에 용모에 대
한 열등감이 강한 사람이었다. 그러나 그는 이것을 극복하기 위
해 많은 노력을 하면서 '우월감 추구'에 대한 이론을 확립했다.

그는 열등감은 모든 사람들이 공통적으로 가지고 있는데 열등감을 보상하기 위해서 우월감을 추구하는 것이 삶을 움직이는 주요한 동기라고 보았다.

그런데 이런 열등감이 긍정적인 방향으로 가지 못하고, 병적인 열등감으로 형성되면 병적인 우월감을 추구하게 된다고 보았다. 이런 사람들은 자신의 열등감을 인정하면서 보상하는 과정을 거치지 못했기 때문에 자신의 능력에 대해서 과대평가 하면서 자만하게 된다. 또한 다른 사람의 능력을 있는 그대로 인정하지 못하고 깎아내림으로써 자신을 높이게 되는 것이다. 아들러는 자신의 열등감을 있는 그대로 수용한 후 더 나은 방향으로 발전하려고 노력하는 것이 자신과 사회를 위해서 바람직한 태도라고 보았는데, 결국 그가 말하고자 하는 핵심은 열등감을 잘 다스려야 한다는 것이다.

자신의 결점이나 약점을 있는 그대로 인정하고 수용하는 것은 용기 있는 사람만이 할 수 있다. 당신은 자신의 결점이나 약점을 제대로 바라볼 수 있는가? 그것을 제대로 바라보지 않고 덮어둔 채로 우월감을 추구한다면 자신은 스스로 뛰어난 사람이라고 생각하지만 내면에는 깊은 열등감이 자리하게 된다. 그런 상태에서 열등감을 자극하는 사람을 만나게 되면 질투에 휩싸이게 되는 것이다.

건강하게 우월감을 추구하는 사람은 관심의 초점이 자신에게 향해 있으므로 다른 사람의 상태나 상황에 영향을 덜 받는다. 그런 사람은 자신의 소중한 에너지를 지나친 질투에 빠져 그릇되게 쓰지 않고 자신의 성장과 발전에 사용할 줄 안다.

♥ 건강하게 우월감을 추구하는 법

1. 자신의 약점이나 결점이 무엇인지 적어본다.
2. 그것이 형성된 이유와 자기가 가지고 있는 이유를 생각해본다.
3. 그것을 변화시킬 수 있는지 없는지 생각해본다.
4. 만약에 변화시킬 수 있다면 어떤 방법을 사용해서 변화시킬 수 있는지 적어 본다. 만약에 변화시킬 수 없다면, 다른 어떤 점을 개발할 것인지 적어본다.
5. 자신의 장점에 대해서 50가지를 적어본다.
6. 자신이 개발해 나가야 할 점을 하나씩 실천한다.

질투는 나의 힘

깔끔한 일처리로 유명한 반 총장이지만 사람을 대하는 데도 최고라는 평을 받는다. 한참 어린 직원이라도 면담 후에는 문을 손수 열어 배웅했고 선배들을 젖히고 연일 고속승진을 하던 때 동기와 선후배 100여 명에게 손으로 쓴 그의 편지는 외교부 내 전설이

됐다. 외교부 내 모든 기수가 반 총장을 자기네 기수라고 챙겨줄
정도였다.

반 총장은 3일 방한 직후 공항에서 인사말을 하며 마이크가 고장
이 나 세 번이나 같은 말을 반복하면서도 사람 좋은 그 미소를 잃
지 않았다. 그의 이런 성실함과 겸손함에 현장에 있던 사람들은
"왜 그가 유엔 사무총장인지를 알겠다."고 무릎을 치기도 했다.[11]

사람들이 질투를 하는 마음 한편에는 그 사람을 부러워하는 마
음이 숨겨져 있다. 당신이 아니라고 부인하더라고 그것이 사실
이니 어쩔 수 없다. 그러나 그것에 괴로워하지 말자. 당신이 질
투를 느끼고 있다면 그것은 바로 '성장하고 싶다'는 무의식의 신
호일 수도 있다. 국민요정 김연아가 세계 선수권 대회에서 금메
달을 땄을 때나 박태환 선수가 2008년 베이징 올림픽에 40미터
자유형에서 금메달을 딴 후 강습 문의가 많아진 이유 또한 바로
여기에 있다.

우리가 질투하는 사람들 중에는 처음부터 좋은 조건을 가지고
태어난 사람도 있지만, 자신이 원하는 것을 얻기 위해 수많은 노
력과 땀을 흘린 이들이 대부분이다. 반기문 유엔 사무총장 같은
사람 또한 타고난 능력만 가지고서 그 자리까지 가지는 않았을
것이다.

다른 사람에 대한 질투가 느껴질 때 그것을 자신의 성장 발판

으로 삼는다. 그 사람이 할 수 있다면 당신도 할 수 있다는 것을 믿는다. 자기변화를 위한 첫걸음은 항상 밖을 보는 것이 아니라 자기의 내면을 바라보는 것이다.

결국 그 사람을 질투하는 당신도 노력하면 원하는 것을 이룰 수 있다는 걸 보여주는 사람이다. 그러니 어쩌면 당신은 그들에게 고마워해야 하는지도 모른다. 그 사람이 무엇으로 원하는 것을 성취했는지 주의 깊게 살펴보자. 그리고 그 사람을 통해서 배울 수 있는 것이 무엇인가를 발견해보자.

 질투를 성장으로 바꾸는 방법

1. 질투 나는 사람을 떠올려본다.
2. 그 사람의 어떤 점이 질투 나는지 생각해본다.
3. 어떻게 하면 나도 그런 사람이 될 수 있을까를 생각해본다.
4. 만약에 내가 그런 점을 가지지 못한다면 다른 어떤 점을 개발할 수 있을지를 생각해본다.

8장

욕망 다이어트

君子는 素其位而行이요 不願乎其外니라
故로 君子는 居易以俟命하고
小人은 行險以徼幸이니라

군자는 현재의 위치에 따라 행하고,
그 밖의 다른 것을 바라지 않는다.
그러므로 군자는 평이함에 있으면서 천명을 기다리고,
소인은 위험한 것을 행하고서 요행을 바란다.

－중용

손에 잡히지 않는 욕망

삶은 '욕망의 역사'라고 할 수 있다. 끊임없이 부족한 것을 발견하고, 그 부족함을 채우려고 하는 과정이 바로 우리의 삶이기 때문이다.

욕망은 두 얼굴을 가지고 있다. 우선 삶을 움직이는 원동력으로서의 욕망은 목표를 향해서 나아가게 하는 힘을 가지고 있다. 인류가 일궈낸 문명은 욕망에 뿌리를 두고 있기 때문이다. 그러나 그것은 다른 한편으로 수많은 고통을 일으키는 원인이 되기도 한다. 욕망은 충족되지 않으면 괴롭고, 충족되면 이내 다른 욕망이 나타나기 때문이다.

욕망은 자신에게 부족한 것을 가지거나 누리고 싶어 하는 마음을 말한다. 그러나 욕망은 마음의 다른 특성들처럼 실체도 없고,

고정되어 있지 않기 때문에 잡을 수 없다. 잡았다고 생각하는 순간, 그것은 또 다른 가면을 쓰고 저만치 도망가 버린다. 어쩌면 우리는 평생 욕망과 술래잡기를 하고 있는지도 모른다.

욕망의 또 다른 문제는 지나쳤을 때 탐욕이 된다는 것이다. 그래서 여러 종교에서는 그것을 경계해야 될 대상이라고 본다. 불교에서는 탐진치(貪嗔癡)를 삼독(三毒)이라고 부르는데, 그 이유는 탐욕, 화냄, 그리고 어리석음이 고통의 근원이라고 보기 때문이다. 그리고 기독교에서는 탐욕을 일곱 가지 죄악 중 하나라고 본다.

그렇다면 욕망과 탐욕의 경계는 무엇일까? 어디까지가 욕망이고, 어디까지가 탐욕이라고 할 수 있을까? 신문기사에 의하면 부자 상위 100명이 1만 5464채의 집을 소유하고 있는 것으로 나타났다. 그리고 집을 가장 많이 소유한 사람은 1083채를, 100채 이상 소유한 사람은 모두 37명인 것으로 드러났다고 하는데,[1] 이것은 욕망일까? 아니면 탐욕일까?

나는 욕망은 긍정성과 밝음에 기반을 두고 있다면, 탐욕은 부정성과 어두움에 근거를 두고 있는 것이라고 본다. 욕망은 생명력의 건강한 발현에 기초를 두고 있다면, 탐욕은 이기심에 기초를 두고 있기 때문이다.

욕망이 탐욕으로 변질되면, 우리는 탐욕의 부림을 당한다. 사람들이 탐욕을 주체할 수 없을 때는 원하는 것을 얻기 위해서 수

단과 방법을 가리지 않게 된다. 그리고 다른 주변 상황은 고려하지 않게 되고, 자신이 원하는 것만 가지면 행복해질 것이라는 착각과 망상에 빠지게 된다.

욕망과 행복의 차이

사람들이 욕망으로 시작해서 탐욕에 빠져버리는 것은 원하는 것을 많이 가질수록 만족스러운 삶을 살 수 있을 것이라 생각하기 때문이다. 그러나 추구하던 욕망을 얻었다하더라도, 그것이 우리 곁에 영원히 존재하는 것은 아니다. 사람들이 추구하는 명예, 재물, 권력 그리고 사랑도 언젠가는 변하기 마련이다.

만약 당신이 사장이라면 당신이 경영하는 회사가 앞으로 얼마나 유지될 것이라고 생각하는가? 우리나라 기업의 실태를 보도한 신문기사에 의하면 지난 60년간 1000대 기업 중 그 지위를 계속 유지한 기업수는 불과 50개인 것으로 나타났다.[2] 그리고 10퍼센트가 넘는 102개 기업이 매년 1000대 기업에서 탈락, 신규기업과 교체되는 것으로 분석됐다. 그렇다면 중소기업의 흥망은 더 부침(浮沈)이 많을 것이다.

많은 사람들이 '삶의 목표'라고 불리는 욕망을 위해서 현재의 삶을 희생하는 경우가 많다. 승진하기 위해서 건강까지 포기하면서 야근을 하는 사람이나 자식의 교육을 위해서 기러기 아빠가 되는 사람, 혹은 명예욕을 위해 가족을 돌보지 않는 사람 등 그밖에도 수많은 예들을 주변에서 찾을 수 있다. 그러나 막상 승진을 하고 나서 그 사람이 행복할지, 혹은 자식들이 성장하고 나서 서로 간에 친밀한 관계를 유지할 수 있을지는 아무도 모른다.

욕망을 추구하는 지금 이 순간 행복하지 않다면, 욕망을 얻게 되더라도 당신의 행복은 이내 사라진다. 사람들은 행복을 위해서는 고통스러운 순간을 참아야만 한다고 생각한다. 그러나 그렇게 얻어지는 욕망은 허탈감과 공허감으로 끝나는 경우가 많다.

그렇다면 욕망을 추구하면서 행복해질 수 있는 방법은 없을까? 그 방법 중 하나는 바로 욕망을 추구해 가는 과정 자체를 즐기는 것이다. 당신은 어린아이였을 때 재미있게 놀던 자신의 모습을 기억하는가? 놀이터나 운동장에서 그저 노는 것이 즐거워서 뛰어놀고 시간 가는 줄 모르면서 만화책을 보았을 것이다. 사람은 두 가지 동기로 행동하게 되는데, 하나는 월급이나 승진과 같은 외부적인 보상을 얻기 위해서 행동하는 '외재적 동기'이고, 또 다른 하나는 그 일 자체가 좋아서 행동하는 '내재적 동기'다. 안타깝게도 우리는 나이가 들면서 서서히 내재적인 동기보다는 외재적인 동기에 의해서 움직이게 된다.

연구 결과에 의하면 내재적 동기가 높은 사람은 외재적 동기가 높은 사람보다 수행성과, 끈기, 창의성, 활력, 자존감, 그리고 행복감이 높은 것으로 나타났다.[3] 이런 결과는 지각된 능력(스스로 지각하는 자기의 능력)이나 자기 효능감(바람직한 결과를 낳는 행동을 할 수 있다는 개인의 신념)이 동일한 수준에 있는 사람의 경우에도 마찬가지였다.

'언젠가'로 시작하는 꿈들은 모두 환상이다. 우리가 욕망을 추구하면서 탐욕에 빠지지 않고 행복해지는 방법은 현재의 자신에 만족하고 지금 하고 있는 일과 주변 인간관계에서 기쁨을 누리는 것이다. 그리고 삶이 주는 변화의 롤러코스터를 즐기는 것이다. 지금 당신의 주변에 존재하는 즐거움과 기쁨이 그 '언젠가' 사라지기 전에.

사람들은 누구나 현재의 자기보다 더 나아지고 싶고 더 좋은 환경에서 살고 싶어 한다. 이처럼 욕망은 삶에서 큰 동기부여가 된다. 그러나 욕망이 지나쳐 탐욕이 될 때 그것은 부정적인 방향으로 작용하게 된다.

어찌 보면 우리의 삶은 욕망과 탐욕 사이의 줄타기인지도 모른다. 우리는 그 속에서 탐욕에 빠지지 않으며 건강하게 욕망을 발휘하면서 사는 법을 배워야 한다. 그것은 욕망의 본질을 제대로 알고 자신의 마음을 자각할 때 가능하다. 아래의 명상법과 심리적인 방법들은 그 길로 당신을 안내해 줄 것이다.

내 안에 숨어 있는 진짜 욕망

대부분의 사람들은 진짜 욕망과 가짜 욕망을 구별하지 못하면서 살고 있다. 진짜 욕망은 자신이 진정으로 원하는 욕망이고, 가짜 욕망은 진짜 욕망을 알지 못하거나 그것을 추구할 수 없을 때 대체물로 추구하는 욕망을 말한다. 가짜 욕망은 자신의 진짜 욕망을 억압하고 왜곡된 방향으로 이끈다. 때문에 가짜 욕망을 추구하면서 살아가는 사람은 계속 무엇인가를 추구하지만 마음속은 공허하다.

사람들이 가짜 욕망에 휘둘릴 때 나타나는 현상 중 하나는 '중독'에 빠지는 것이다. 중독에 빠지는 사람들의 깊은 내면에는 숨겨진 진짜 욕망이 도사리고 있다. 일 중독, 게임 중독, 알코올 중독, 도박 중독, 성형 중독, 그리고 쇼핑 중독 등은 우리가 주위에서 흔히 볼 수 있는 중독들이다.

중독자의 심리를 잘 묘사한 소설로 도스토예프스키가 쓴 〈노름꾼〉이라는 단편소설이 있다.[4] 주인공은 제목처럼 매일 도박을 하러 가는 사람이다. 많은 사람들이 도박에 빠져 있는 그를 비웃지만 그는 마음속으로 무미건조하게 일상을 살아가는 다른 사람들을 경멸한다. 그는 가끔 돈을 딸 때 밀려드는 짜릿한 경험에 도취된다. 그것은 매일 똑같이 반복되는 진부한 삶에 비교될 수 없는 황홀한 순간이기 때문이다.

이처럼 중독에 빠진 사람은 다른 것에서 맛볼 수 없는 충족감을 중독의 대상에서 맛본다. 그들은 멀어져만 가는 진짜 욕망에 대한 갈망과 중독에서 헤어나지 못하는 자신 때문에 괴로워한다. 괴롭기 때문에 그것을 잊기 위해 또다시 중독의 대상에 탐닉하는 악순환을 만든다.

집중명상은 가짜 욕망에서 진짜 욕망으로 이끄는 길잡이 역할을 한다. 마음이 고요해지면 자신이 진정으로 원하는 욕망이 무엇인지 알 수 있기 때문이다. 집중명상을 하면서 스스로에게 물어본다.

"나는 무엇을 할 때 가슴에 행복이 피어나는가?" "나는 무엇을 할 때 가슴이 두근거리고 삶에 열정을 느끼는가?" "경제적인 안정이나 사회적인 평가 때문에 내가 정말 원했지만 포기한 일은 무엇인가?"

강렬하게 원하는 진짜 욕망을 추구할 때 당신의 아름다운 생명력은 깨어난다. 그것을 꽃피우기 위해서 당신은 태어났다. 가는 길은 다양하지만 우리 모두는 사랑과 행복이 충만하고 풍요로운 삶을 원한다. 집중명상을 통해서 당신은 자신만의 길을 발견할 수 있다.

마찬가지로 욕망 때문에 마음이 어지러울 때 집중명상을 하면서 자신의 깊은 내면에 질문한다. "이것이 내가 진정으로 원하는 것인가?" "이 일을 하면 내가 진정으로 행복해질 수 있는

가?" 명상으로 길러진 고요하고 평화로운 가슴은 그 길을 알려
줄 것이다.

매일 우리의 마음에는 때가 낀다. 이루어지지 않는 욕망 때문
에 고통스러워하고, 다른 사람이 지닌 욕망을 탐하고 질투한다.
매일 운동하는 것이 우리의 몸을 단련시키고 건강하게 하는 것
처럼 매일 집중명상을 하는 것은 욕망에 찌든 우리의 마음을 닦
아주어 투명하게 만든다.

'올바른 생각'으로 욕망 놓아주기

언젠가 나는 즐거운 순간에도 그 느낌을 단지 알아차리고만 있
는 나를 바라보면서, 내가 삶의 즐거움이나 행복을 알아차리기
위해서 태어났는가에 대해서 의문을 가진 적이 있다. 그 순간 집
착이 없는 상태에서 삶이 주는 생생한 기쁨과 행복을 누리고 싶
다는 강한 열망이 들었다.

지혜명상법에서는 즐거움이나 기쁨조차 알아차려야 할 대상이
라고 본다. 알아차리지 않으면 그것에 집착하기 때문이다. 지혜
명상법은 마음의 고통을 사라지게 하고 자신의 마음속 깊은 곳
까지 들여다보게 하는 강력한 방법이다.

그와 동시에 나는 삶의 어두움이나 부정성을 포용하면서 긍정

성을 지향하는 공부도 해왔다. 그래서 욕망을 억제하거나 경계해야 할 대상으로 보는 것이 아니라 있는 그대로 인정하면서 삶의 꽃을 피우는 데 활용해야 하는 대상으로 본다. 그런 관점은 도가의 스승들인 노자와 장자 그리고 틸로빠, 나로빠, 마르빠와 밀라래빠로 이어지는 티베트의 스승들로부터 배웠다.

명상은 마음을 빚어 우주의 음악을 담는 악기로 만드는 과정이다. 우리의 내면을 속이 뚫린 피리로 상상해보자. 아래위로 구멍이 나 있고 그 사이로 다섯 개의 구멍이 나 있다고 상상하라. 우주의 근원적인 생명력이 그 피리의 구멍 사이로 스며들 때 거기에 조화로 가득 찬 아름다운 음악이 흘러나온다.

인간의 본래 마음은 순진무구하여 아무런 차별도 잡스러움도 없이 깨끗했었다. 그러나 순수한 의식의 구멍에 먼지가 끼자 생명의 숨결이 전일하게 흐르지 못하고 노랫소리도 나지 않는 병든 피리가 되고 말았다. 시기심, 이기심, 소유욕들이 덕지덕지 붙어 피리 구멍이 막힌 것이다. 그로 하여 우리는 온전한 생명을 누리지 못하며 또 가득한 사랑을 남에게 베풀지도 못한다.

피리들을 정확하게 조율시켜 누리에 아름다운 음악을 선사하는 삶이 '완성의 도'다. 추워지면 따뜻한 소리를 불어서 사람들을 즐겁게 해주고 더우면 시원한 소리를 불어준다. 봄에는 새싹들과 더불어 약동하는 생명의 기운을 함께 기뻐하며, 가을에는 결실의

노래를 부른다. 이것이 바로 깨달음의 실천이다.[5]

우리가 욕망을 다스리기 위해서는 그것에 대해 '바른 생각'을 가지는 것이 필요하다. 여기서 '바른 생각'은 도덕적인 생각이 아니라 '올바른 생각'이다. 그렇다면 '올바른 생각'이란 어떤 것일까?

그것은 우리가 추구하는 욕망이 영원히 지속되기를 바라는 것이 어리석다는 사실을 깨닫는 것이다. 사랑, 재물, 명예와 같은 일시적인 욕망의 대상을 꽉 붙들어두고 싶어 하는 마음이 고통을 낳는다. 세상의 만물이 변하는 것처럼 우리의 마음도 변한다. 삶에서 일어나는 그 모든 것을 있는 그대로 받아들이는 것, 그것이 우리가 할 수 있는 최선이다.

욕망을 극복하기 위해서 억지로 욕망을 없애려고 하는 경우도 있는데, 욕망은 없애려고 한다고 해서 사라지는 것이 아니다. 욕망을 없애려고 하는 것조차 하나의 욕망일 뿐이다. 그저 일어나는 욕망을 알아차린다. 자신의 마음을 자각하면서 욕망을 사용하면 욕망에 끌려가지 않는다.

식욕은 인간의 기본적인 욕망 중 하나다. 식욕을 제대로 조절하지 못하면 과체중이나 비만이 되기 쉽다. 체중을 줄이기 위해서는 식이요법과 운동을 병행하는 것이 효과적인 방법이지만, 지혜명상을 병행하는 것도 하나의 대안이 될 수 있다는 연구 결과가 있다.

크리스텔러와 홀레트는 폭식증을 가진 여성들에게 6주 동안 표준적인 지혜명상 연습과 먹는 것과 관련된 지혜명상 연습(예, 음식을 먹을 때 맛이나 느낌을 알아차리기)을 하게 했다.[6] 그리고 그들은 지혜명상을 시작하기 전과 1주, 3주, 그리고 6주가 지난 후에 폭식증을 가진 여성들의 폭식증과 우울증 그리고 불안증을 측정했다.

그 결과는 놀라웠다. 시간이 지날수록 여성들의 폭식증은 감소했고, 우울증과 불안증도 감소한 것으로 나타났기 때문이다. 이 연구 결과는 지혜명상은 음식뿐 아니라 술과 담배를 조절하고 싶은 사람들에게 효과적으로 작용할 수 있다는 것을 시사한다. 그것은 습관적으로 일어나는 욕망을 알아차리게 하고 자신의 몸과 마음을 자각하게 하기 때문이다.

지혜명상은 욕망이 일어날 때도 욕망을 쓰고자 하는 마음도 욕망을 표현할 때의 마음도 모두 알아차리는 것이다. 그 과정에서 판단하거나 분별하는 마음이 올라오면 모두 알아차린다. 욕망을 알아차리다 보면 무엇인가를 갈구하는 마음은 그저 일어났다가 사라진다는 것을 알게 된다. 그러면서 결국 우리가 추구하는 욕망은 실체가 없는 무상(無常)한 것이라는 것을 깨닫게 된다. 그 순간 당신은 욕망의 고통으로부터 자유로워지게 된다.

건강한 욕망 사용설명서

27세에 3000만 원으로 창업해서 세계 100대 기업으로 성장시킨 후 탁발승의 삶을 선택한 일본의 교세라 그룹 이나모리 가즈오 회장은 《카르마 경영》에서 "스스로의 힘으로 자신의 인생을 창조해 가는 사람은 반드시 지나치다 싶을 정도의 꿈과 분수에 맞지 않는 바람을 가지고 있다"고 말했다.[7]

그가 말한 것처럼 자신의 목표가 무엇인지 명확하게 알고 그것을 달성하기 위해서 자신의 몸과 마음의 에너지를 효율적으로 사용하게 되면 욕망은 창조적인 힘이 된다. 즉 욕망을 삶의 목표로 활용하면 몸과 마음이 활기차게 된다.

나는 사람들에게 욕망을 절제하거나 현재의 삶에 무조건 순응하라고 말하고 싶지 않다. 오히려 치열하고 적극적으로 욕망을 추구하라고 말하고 싶다. 탐욕에 빠져서 고통스러워하는 것도 문제지만 욕망을 꿈꾸기만 하면서 움직이지 않는 것도 문제이기 때문이다.

우리가 알다시피 많은 사람들이 욕망하는 것을 이루기 위해서 행동하지 않고 그저 꿈만 꾸면서 삶을 흘러 보낸다. 욕망은 우리의 삶을 꽃피우는 생명 에너지다. 왜 그것을 사용하지 않고 삶의 역경들을 두려워하면서 괴로워만 하는가? 이제부터라도 자신의 욕망을 떳떳하고 밝은 방향으로 표현해 본다.

어려운 조건에서도 자신만의 꽃을 피운 사람들의 이야기는 항상 감동을 준다. 다음은 재수를 해서 강남대학교 경영학과를 졸업한 후 연봉 10억을 버는 유수연의 이야기다.

전 1등도 못해 봤고 일류대도 못 나왔어요. 그래서 취업 전선에 선 젊은이들이 얼마나 불안한지 누구보다 잘 알아요. 제 강의에 학생들이 몰리는 건 저처럼 보잘것없이 출발하는 학생들에게 희망을 주기 때문이죠. …… 저는 항상 제가 가진 패가 마음에 들지 않았어요. 좋은 대학을 나오지 못한 것도, 부잣집에서 태어나지 않은 것도, 예쁘지 못한 것도 모두 불만이었죠. 그렇지만 부족한 점을 채워가야 했기 때문에 전 늘 이를 악물고 살았어요.

강남에는 외제차와 명품으로 휘감고 다니는 부유층 자제들이 있죠. 하지만 전 그런 사람들 앞에서도 당당해요. 누구의 도움도 없이 저 혼자 힘으로 여기까지 올라섰으니까요. 치열하게 살다 보면 더 좋은 기회가 다시 올 거라고 믿습니다.

실패는 성공의 어머니니까 실패해도 괜찮다고 생각하면 십중팔구 또 실패해요. 저는 실패할 때마다 반드시 그 실패를 갚아주겠다고 독기를 품었어요. 실패를 실패로 끝내지 않고 반전을 꿈꾸며 노력하는 것이 중요해요.[8]

외국어를 잘 하고 싶으면, 지금 당장 학원에 등록하거나 하루에 30분이라도 독학을 한다. 시간이 없다고 변명을 하지만 그런 사람들은 술을 마시거나 멍하게 텔레비전을 보면서 얼마나 많은 시간을 보내는지는 스스로 자각하지 못한다. 지금 혹시 상황이 여의치 않다는 핑곗거리를 대고 있지 않는지 자신을 살펴본다.

욕망을 추구하고 충족하는 과정 속에서 어느 순간 욕망을 달성 한다고 해서 우리가 진정으로 행복해지는 것이 아니라는 것을 알게 된다. 쾌락주의 철학자로 알려진 에피쿠로스는 "아주 작은 것에서 만족을 느끼지 못하는 사람은 그 무엇으로도 만족할 수 가 없다"고 했다. 진정한 만족과 행복은 자신의 삶을 매 순간 감 사하고 소중하게 생각할 때 당신의 품에 찾아온다.

그렇게 할 수 있는 사람은 자신이 원하는 것이 이루어지면 만 족스러워하지만 설사 그렇지 않다고 하더라고 그다지 고통을 받 지 않는다. 그 사람은 자신이 욕망하는 것이 이루어지면 행복할 것이라고 생각하지 않는다. 욕망을 이루는 그 '과정' 속에서 이 미 그는 행복한 사람이기 때문이다.

 욕망을 건강하게 쓰는 방법

1. 괴로워하면서 헤매는 행동을 멈춘다.

2. 자신의 소중한 에너지를 정성스럽게 하나로 모은다.

3. 온 마음을 담아서 삶에서 자신이 진정으로 원하는 뜻을 세운다.

4. 온 마음과 온몸으로 그리고 당신의 전 존재를 바쳐서 그 뜻을 향해 노

력한다.

5. 그 과정에서 일어나는 자신의 몸과 마음의 변화를 알아차리고 슬기롭
게 대처해 나간다. 몸과 마음에 부조화가 일어나면 조화로, 인간관계
에서 갈등이 생기면 이해와 화합으로, 삶에서 일어나는 그 모든 일들
을 환영하면서 포용력과 덕을 기른다.

자기조절의 기술

욕망을 조절하는 것은 자기조절과 관련 있다. 자기조절은 자기
의 생각, 감정, 동기, 그리고 행동을 자기의 목표나 외부의 환경
에 맞추어서 적절하게 변화시키는 것을 말한다.

반두라는 자기조절의 심리과정은 자기 감찰, 자기 판단 그리고
자기 반응으로 이루어진다고 했다.[9] 자기 감찰은 자신의 행동과
그것에 따른 결과를 모니터하는 것이며, 자기 판단은 개인적인
기준과 환경적인 상황요소들에 따라 자신의 행동을 판단하는 것
이다. 그리고 자기 반응은 자신의 행동에 대한 감정적인 반응을
보이는 것이다.

우리는 욕망에 따른 행동을 했을 때 어떤 결과가 나타나는지를
모니터할 수 있다. 그리고 자신이 한 행동이 삶의 목표나 외부의
기대치에 적절한지 판단할 수 있다. 또한 행동의 결과가 긍정적

이라면 만족을 느끼고 부정적이라면 실망을 느끼게 된다. 이러한 자기조절 과정을 통해서 그 욕망을 계속 추구해 갈 것인지 수정할 것인지, 혹은 다른 것으로 대체할 것인지를 결정할 수 있다.

이런 관점에서 본다면 탐욕에 빠진 사람들은 자기조절 과정에서 실패한 사람들이다. 그들은 개인적인 삶의 목표나 가치를 이루었지만 이에 만족하지 않고 계속해서 개인적인 기준을 높여가면서 결코 도달할 수 없는 기준으로 자기를 몰고가기 때문이다.

지혜명상은 자기의 몸과 마음을 알아차리게 하기 때문에 자기조절을 하는 데 도움이 된다. 브라운과 라이언은 마음챙김을 잘 하는 것이 자기조절 행동에 도움이 된다고 가정하고, '마음챙김의 주의 자각 척도(마음챙김 상태의 빈도에 따른 개인차를 측정하는 척도)'를 개발하여 다른 심리적인 측정치들과 어떤 관계가 있는가를 연구했다.[10]

그 결과 마음챙김을 잘 하는 사람은 못하는 사람보다 분노, 충동성, 우울증 그리고 불안을 덜 느끼는 것으로 나타났다. 그리고 긍정적인 감정을 더 느끼며, 삶에 대한 만족감, 자존감, 자율성 그리고 자발성이 높게 나타났다. 그들은 이 결과에 대해서 마음챙김을 잘하는 사람들은 자신의 마음과 행동을 더 잘 자각하기 때문이라고 보았다.

9장

갈등 다이어트

子曰 君子는 固窮이니 小人은 窮斯濫矣니다

공자가 말했다.
"군자는 곤궁해도 버텨나가지만,
소인은 곤궁하면 방탕하게 된다."

—논어

갈등의 모습

내가 노래방에 가면 잘 부르는 노래 중 하나는 뉴 트롤즈의 '아다지오'인데, 그 노래에는 "죽는 것, 잠자는 것은 꿈일지 모른다"는 가사가 나온다. 그 노래를 부를 때마다 나는 장자의 호접몽이 생각나고, 햄릿의 고민이 느껴진다.

그 가사는 셰익스피어가 쓴 《햄릿》에 나오는 "사느냐 죽느냐, 그것이 문제다"에서 차용한 것이다. 햄릿은 숙부가 아버지를 죽였다는 것을 알고 난 후 삶과 죽음 사이에서 처절한 갈등을 한다.

갈등은 여러 가지 대안들 중에서 자신이 원하거나 해야만 하는 것을 선택할 때 일어나는 마음의 혼란이다. 아주 사소한 일부터 중요한 일까지 그것이 삶에 나타나는 스펙트럼은 매우 다양하다. 때로는 어떤 사람에게는 아주 작은 갈등이 폭풍 같은 힘으로 인생을 뒤흔들어 버리기도 한다.

여기서 잠시 생각해 보고 넘어가자. 만약 우리가 어떤 일이든 아무런 갈등 없이 내키는 대로 선택하고 결정한다면 무슨 일이 벌어질까? 과연 고민하는 괴로움이 덜어질까? 삶의 무게 또한 가벼워질까? 안타깝게도 그렇지만은 않다. 어떤 측면에서 보면 갈등은 우리의 삶에 필요한 부분이기 때문이다. 그것을 통해서 우리는 여러 가지 대안들을 서로 비교 분석할 수 있고 선택과 결정을 숙고하기 위한 시간도 가질 수 있다.

그러나 갈등이 심화되면 우리는 괴로움에 빠질 수밖에 없다. 그리고 집중력이 감소해서 업무의 능률도 떨어지게 된다. 갈등은 우리의 몸과 마음에 부정적인 영향을 준다는 연구 결과가 있는데, 에몬스와 킹의 연구에 의하면 갈등은 부정적인 감정, 우울증, 신경증 그리고 정신신체적인 병(심리적인 문제로 인해서 나타나는 신체적인 질환)들과 관련 있는 것으로 나타났다.[1]

자, 그렇다면 우리는 갈등을 어떻게 다루어야 할까? 이에 앞서 왜 우리가 갈등을 하게 되는지 그 이유를 먼저 살펴보도록 하자.

왜 내 인생은 갈등의 연속일까?

갈등은 삶의 여러 장면에서 나타난다. 상사와 부하직원 사이에 일어나는 개인 간의 갈등, 회사 경영진과 노조 사이에 일어나는 집단 간의 갈등 등은 우리가 주변에서 흔히 볼 수 있는 갈등이다. 그리고 우리의 내면에서 일어나는 갈등이 있다. 진로를 결정하거나 이직하려고 할 때, 여러 사람과 맞선을 봐서 결혼상대를 선택하려고 할 때도 우리는 갈등한다.

우리가 갈등하는 이유는 자신의 마음을 잘 알지 못하기 때문이다. '자기 확신'이란 자기의 태도나 견해에 대해서 확신하는 주관적인 느낌을 말하는데, 자신의 내적인 상태를 잘 자각하지 못하는 사람들은 자기 확신이 낮다.[2] 자기 확신이 낮은 사람들은 갈등이 있는 상황에서 빨리 결정을 내리지 못한다. 이 경우 자신의 생각, 감정, 그리고 동기를 자각하게 하는 지혜명상을 하는 것이 도움이 된다.

우리가 갈등하는 또 다른 이유는 욕구 간에 충돌이 있기 때문이다. 사람들은 누구나 가정과 직장 모두에서 행복한 삶을 꿈꾼다. 그러나 직장에서 요구되는 일에 집중하다 보면 가정에 소홀해지기가 쉽고 가정에서 요구되는 일에 집중하다 보면 직장에 소홀해질 수 있다. 이처럼 직장의 일이 가정에 방해가 되는 것을 '일-가정 갈등'이라고 하고, 가정의 일이 직장생활에 방해되는 것을 '가정-일 갈등'이라고 한다.

이 둘 간에 갈등이 있을 때 사람들은 '기분장애' '불안장애' 그리고 '약물 의존장애'를 겪을 가능성이 높다.[3] 구체적으로 일-가정 갈등이 있을 때는 자신의 직무에 만족하지 못하며 회사를 옮기려는 이직 의도와 스트레스가 높아지고, 가정—일 갈등이 있을 때는 결근율과 스트레스가 높아진다.[4] 이런 경우 우리는 자신의 삶에서 가장 중요한 것이 무엇인가를 결정하고, 가정과 일 사이에서 조화로운 만족을 추구하는 것이 필요하다.

우리가 갈등하는 마지막 이유는 자신이 원하는 것과 해야 하는 것이 일치하지 않기 때문이다.[5] 우리는 명품가방을 사고 싶지만 저금을 해야 하고, 먹고 싶지만 다이어트를 위해 참아야 하고, 놀고 싶지만 돈을 벌어야 한다. 우리의 욕구는 항상 '이렇게 하고 싶다'고 들썩거리지만 그것을 마음대로 표현할 수 없다. 사회에서는 도덕과 법으로 그것이 표현되는 방식을 엄격하게 규정해두고 있기 때문이다. 그렇기 때문에 우리의 마음에는 항상 갈등들이 존재하게 된다.

당신의 마음에 갈등이 있다면 현재 상황에서 뭔가 변화가 있어야 한다는 것을 의미한다. 그렇다면 그 변화를 어떻게 받아들일 것인가? 그것에 따라 당신이 느끼는 갈등의 모습도 달라진다.

우리는 삶의 방향을 선택할 수 있는 자유를 가지고 있다. 이것은 우리가 갈등을 통해 삶에 도움이 되는 '선택'을 배울 수 있다는 것을 뜻한다.

자, 그럼 갈등을 해결하고 최후의 선택을 하기 위해서 우리가 해야 할 일은 뭘까? 바로 마음의 소리를 듣는 것이다.

욕망과 선택 사이에 끼인 나

전 세계적으로 가장 많이 사용되는 성격 검사 중 하나는 '빅 파이브 성격 검사'다. 이것은 성격을 외향성, 신경증, 성실성, 원만성, 개방성 등 다섯 가지 차원에서 측정한다.[6]

이 중 신경증 차원은 불안, 분노, 우울증, 자기의식, 충동성, 그리고 취약성으로 구성되어 있는데 이는 사람들이 느끼는 갈등과 관련 있다.[7] 즉 마음에 갈등이 있는 사람은 신경증 차원에서 점수가 높다. 그러나 사람들이 갈등을 많이 하기 때문에 신경증적인 특성을 가지게 되는 것인지, 신경증적인 특성을 가진 사람들이 갈등을 많이 하게 되는 것인지는 명확하지 않다.

그리고 어떤 문제가 있을 때 외향성, 성실성 그리고 개방성 차원에서 점수가 높은 사람들이 문제 중심적인 대처방법을 사용하는 반면에, 신경증 차원에서 점수가 높은 사람들은 약물사용, 행동적인 철회, 감정발산, 그리고 자기비난과 같은 회피방법을 사용하는 것으로 나타났다.[8] 이 연구 결과는 그런 사람들은 갈등 상황에서 적절하게 대처하지 못한다는 것을 시사한다.

갈등은 욕망과 선택 사이에 끼인 샌드백과 같다. 갈등의 원인은 욕망이고, 갈등의 결과는 선택이기 때문이다. 욕망과 관련된 갈등은 욕망끼리 충돌이 있거나, 욕망을 충족하는 방식 사이에 충돌이 있을 때 생긴다. 그리고 선택과 관련된 갈등은 선택하고 나서 생길지 모를 부정적인 결과나 후회를 두려워할 때 생긴다.

　결국 앞에서 언급한 것처럼 갈등을 해결하는 가장 좋은 방법은 자신의 욕망을 잘 이해한 후 후회하지 않는 선택을 하는 것이다. 욕망을 잘 이해한다는 것은 자신의 마음을 잘 이해하는 것과 같다. 평소에 자신의 욕망을 잘 자각하는 사람들은 갈등의 골목에서 헤매는 순간이 짧다.

　반면 식당에 가면 음식의 메뉴조차 빨리 결정하지 못하고 머뭇거리는 사람이 있는데, 이런 사람에게 해주고 싶은 말이 있다. 그것은 바로 무슨 일이든 선택을 해봐야 자신의 결정이 옳았는지 아닌지를 알 수 있다는 것이다. 아무리 최선의 결정을 내리더라도 분명히 만족하지 못하는 부분이 있을 수 있다. 이런 경우 선택에 따른 결과를 대범하게 받아들일 필요가 있다. 진정한 대범함이란 빨리 선택하는 것이 아니라, 선택의 결과에서 만족스럽지 못한 부분을 받아들이고 그것을 통해서 뭔가를 배우는 것이다.

　우리의 삶에는 전적으로 긍정적이거나 전적으로 부정적인 일은 존재하지 않는다. 현재 즐거운 것이 시간이 지나도 계속 그러하리라고 누가 장담하겠는가? 마찬가지로 현재 고통스러운 것이 시간이 지난 후에도 계속 그러하리라는 법은 없다. 삶에는 동전이 가진 양면처럼 긍정성과 부정성이 모두 있다는 것을 받아들이는 자세가 필요하다.

직관을 깨우는 집중명상

미래를 알 수 없기 때문에 우리가 중요한 선택을 앞에 두고 마음에 갈등을 느끼는 것은 어쩌면 당연하다. 그러나 사소한 일에도 갈등을 느끼거나 그로 인해 괴로워할 때 문제가 된다. 지금 갈등하고 있다는 것은 다른 한편으로는 문제해결을 하고 있지 않거나 회피하고 있다는 것이다. 그런 경우 갈등 다이어트가 필요하다. 지금부터 소개하는 명상법들과 심리적인 방법들은 갈등을 효과적으로 해결하는 데 도움이 된다.

마음속에 갈등이 있을 때 우리의 몸은 긴장되고, 마음은 들뜨거나 요동을 친다. 그런 상태가 되면 우리는 올바른 선택이나 결정을 하기가 어려워진다. 집중명상은 몸의 긴장을 이완하고 마음을 고요하게 하는 좋은 방법이다.

마음이 고요해지면 우리의 가슴에서는 직관이 꽃피어난다. 직관(直觀)을 말 그대로 풀이하면 곧바로 보는 것인데, 그것의 의미는 판단이나 추론과 같은 사유작용을 거치지 않고 대상을 직접 인식하는 것을 말한다.

엘프리다 뮐러-카인츠와 크리스티네 죄닝은 《직관의 힘》에서 직관적 지능은 현명한 결정을 내리고 행동하도록 도와주기 때문에 계발하면 할수록 미래에 대한 확신이 커진다고 했다.[9] 그들은 직관에 이르는 길을 다음과 같이 말하고 있다.

고요한 가운데 자신의 의식을 전부 한 곳에 모아 한 가지 일에 몰두하는 것, 그것이 바로 완전한 집중이다. 집중이야말로 퇴색되지 않은 순수한 직관을 받아들이기 위한 중요한 열쇠다.

마음에 갈등이 있을 때 명상자세를 하거나 의자에 편안하게 앉은 상태에서 집중명상을 한다. 숨을 들이쉬면서 우주의 고요와 평화를 받아들이고, 숨을 내쉬면서 마음의 갈등을 내보낸다고 상상한다. 머릿속에 여러 가지 생각들이 떠오르더라도 따라가지 않고 의식을 한 곳에 집중한다. 떠도는 생각들이 점차 잠잠해지면서 자취를 감출 때 당신은 순수한 의식만 빛나는 곳으로 도달하게 될 것이다.

단기간의 명상이라도 사람들의 주의력을 증진시킨다는 연구결과가 있다. 연구자들은 집단을 둘로 나누어 5일 동안 하루에 20분씩 한 집단은 '통합적인 몸-마음 훈련'을 하게 하고, 다른 한 집단은 이완훈련을 하게 했다.[10] 통합적인 몸-마음 훈련은 생각을 통제하려는 어떤 노력도 하지 않게 하고 자신의 몸과 호흡을 자각하게 하며, 이완된 상태로 주의 집중하게 하는 방법이다.

그들은 연구를 시작하기 전과 후 사람들에게 '주의 네트워크 검사'와 기분 상태 척도를 실시했다. 연구 결과 명상집단은 이완집단보다 주의 네트워크 검사에서 갈등을 더 효율적으로 해결하며 불안, 우울증, 분노 그리고 피로감의 수준이 더 낮은 것으로 나타났다. 연구자들은 이것에 대해서 단기간의 명상이라도 건강과 자기조절에 도움이 된다는 결론을 내리고 있다.

집중명상을 하면 머릿속에 떠오르는 어지러운 생각들과 감정들이 안개처럼 걷히고, 대상을 있는 그대로 보는 길을 안내한다. 가슴에 있는 직관이 깨어나면 마음의 갈등이 있을 때 방향을 쉽게 찾을 수 있다. 동시에 자신의 깊은 내면에서 진정으로 원하는 것이 무엇인지를 알게 된다.

직관은 내면의 시끄러운 잡념이 모두 가라앉고 고요한 상태에서 드러난다. 마음에 갈등이 있을 때 집중명상을 하면서 스스로에게 물어본다.

"무엇을 선택해야 하는가?"

"지금 이런 갈등이 나의 삶에 주는 의미는 무엇일까?"

"나의 성장을 위해서 어떤 길을 선택해야 할까?"

있는 그대로 바라보기

오래 전에 어떤 교육프로그램에 참여했을 때 미모의 여자 강사로부터 들은 말이다.

강사가 지방에 교육을 하러 가면 강사와 교육을 요청한 회사 사이를 중개해 주는 교육운영 회사에서 차량과 운전기사를 지원

해주는 경우가 많다. 운전기사는 주로 젊고 건장한 사람으로 양복을 말쑥하게 차려 입는다. 만약에 지방에서 하루 종일 강의를 하게 되면 강사는 준비를 하기 위해서 전날 내려가서 다음 날 늦은 밤에 서울로 올라오게 된다.

그런데 언제부터인가 그녀를 바라보는 아파트 경비원 아저씨의 눈매가 예사롭지 않았다고 한다. 그녀는 "왜 나를 저런 눈으로 쳐다볼까?"라고 고민을 하다가 어느 순간 무릎을 쳤다.

자, 당신도 한번 생각해 보자. 매주 옷을 멋지게 차려입고 여행용 가방을 들고 나오면 건장한 남자가 가방을 받아준다. 그리고 그 다음 날 기진해서 돌아오는 그녀를 보았다면 과연 어떤 생각을 했을까?

경비원 아저씨가 그 여자 강사를 '바라본 것'은 사실(事實)이다. 매주 여행용 가방을 들고 낯선 남자의 차를 타고 어딘가로 떠나는 여자. 하룻밤을 자고 오는 여자. 돌아올 때는 지쳐서 돌아오는 여자. 단지 그것만이 사실인 것이다. 그런데 사람들은 그런 사실을 있는 그대로 보지 않고 머릿속에서 각색을 하기 시작한다. 그러고는 자신이 바라본 사실을 '진실'로 만들어버린다. 그리고 그것을 철썩같이 믿어버린다. 마찬가지로 사람들 간의 많은 갈등과 오해는 바로 여기에서 출발하는 것인지 모른다. 사실을 있는 그대로 보면 아무런 문제가 발생하지 않는다. 그것에는 있는 그대로 보는 순수한 아름다움이 있다. 그것에는 판단이나 분별이 없으며 현재와 함께 흐르는 투명한 자각만이 있다.

많은 사람들이 직장에서 가장 힘든 문제로 인간관계를 꼽는다. 사람들 간에 갈등이 생기는 주된 이유는 사고방식, 성격, 욕구 그리고 의사표현 방식이 다름에도 불구하고 서로가 그 차이를 잘 받아들이지 못하기 때문이다. 또 다른 이유는 위에서 말한 것처럼 다른 사람을 있는 그대로 보지 않고 자기 나름대로 각색해서 바라보기 때문이다. 한 사람만 그런 것이 아니라 서로가 그런 방식으로 보기 때문에 갈등이 생기지 않을 수 없다.

사람들은 보통 자신과 다른 사람들을 바라볼 때 섣부르게(혹은 자동적으로) 판단이나 분별을 하기 쉽다. 지혜명상은 이런 것을 방지하고 대상을 있는 그대로 바라보게 하는 방법이다. 따라서 지혜명상을 하게 되면 자신의 마음을 알아차리고 타인 또한 있는 그대로 바라볼 수 있기 때문에 내면의 갈등뿐 아니라 인간관계에서의 갈등도 점차 줄어들게 된다.

회사에서 자신의 상식으로 이해가 되지 않는 말과 행동을 하는 사람이 있을 때 그 사람에게 자신의 생각과 감정을 어떻게 표현하는 것이 현명한 것인지 갈등할 때가 있다. 혹시 당신이 그런 생각이 든다면 우선 그 사람을 바라볼 때 떠오르는 생각과 감정을 있는 그대로 알아차려본다.

예를 들면 거의 매일 지각하는 사람이 있을 때 "또 지각을 하네. 저렇게 지각을 하는 것을 보니 정말 무책임한 사람이야. 왜 저렇게 개념이 없을까?"라는 판단이 들 때 그것을 있는 그대로 알아차린다. 혹은 그런 판단을 연장시키지 않고 "저 사람은 지각을 하는구나"라고까지만 바라보는 법도 있다. 전자와 같은 방법으로 자신이 하는 판단까지 있는 그대로 알아차리다 보면, 점차 후자와 같은 방법으로 사실 그대로만 알아차리는 힘이 생기게 된다.

사람들은 머릿속에 판단이 떠오를 때 자신이 하고 있는 판단이 올바르다고 생각한다. 그러나 사실 그 사람에게 무슨 이유가 숨어 있는지는 아무도 모른다. 병원에 입원한 아내가 있을 수도 있고 우울증이 심해서 회사에 출근하는 것조차 힘든 상황에 있을 수도 있다.

판단하고 분별하는 마음을 알아차리고 내려놓을 때 우리는 다른 사람을 진정으로 이해할 수 있다. 우리가 먼저 다른 사람을 이해할 때 인간관계의 갈등은 어느 순간 해결의 실마리가 풀려가게 된다. 당연한 말 같지만 이것이 갈등을 해결하는 정론이다.

기억하자. 다른 사람을 우리 마음대로 할 수는 없다. 그들의 상태에 따라 우리의 마음도 따라 변한다면 우리는 계속 그들에게 매어 있게 된다. 자신의 마음을 알아차리는 사람은 다른 사람의 말과 행동으로부터 자유로워진다. 그리고 자신의 마음 상태를 스스로 선택하는 자유를 누린다.

목표의 우선순위에 따라 결정하기

레빈은 갈등을 접근과 회피의 관점에서 바라보면서 갈등은 크게 세 가지로 나뉜다고 했다.[11] 먼저 선택해야 할 대상들이 모두 긍정성을 가지고 있을 때 생기는 갈등이 있다. 영어를 잘하는 사람이 새로운 외국어를 배우려고 할 때 중국어를 배울지 일본어를 배울지 갈등하는 경우 이것을 '접근-접근' 갈등이라고 한다.

다음은 선택해야 할 대상들이 모두 부정성을 가지고 있을 때 생기는 갈등이 있다. 술도 노래도 좋아하지 않는 사람은 직장에서 회식을 마친 후 호프집과 노래방 중 하나를 결정해야 할 때 두 가지 모두 하고 싶지 않은 마음이 들 것이다. 이것을 '회피-회피' 갈등이라고 한다.

마지막은 선택해야 할 대상들이 긍정성과 부정성을 동시에 가지고 있을 때 생기는 갈등이다. 퇴근시간은 많은 직장인들이 갈등하는 부분 중 하나이다. 회사에서 제 시간에 퇴근할 경우, 개인적인 시간을 가질 수 있는 장점이 있지만 상사의 눈치를 봐야 하는 단점이 있다. 야근을 하면 상사에게 잘 보일 수 있는 이점은 있지만 몸과 마음이 피곤하고 개인적인 시간을 가질 수 없다는 단점이 있다. 이것을 '접근-회피' 갈등이라고 한다.

우리의 삶에서 일어나는 대부분의 갈등은 접근-회피 갈등의 경우가 많다. 이런 경우 갈등 해결 방법은 자신의 목표나 가치에 비추어서 결정을 내리는 것이다. 목표는 우리가 어떤 결정을 내려야 할 때 나침반 역할을 한다. 그래서 삶에서 목표가 확고한 사람들은 갈등 상황에 직면하더라도 결정을 빨리 내릴 수 있다.

 목표의 우선순위에 따라 결정하기 ···

1. 삶의 목표들을 중요하게 생각하는 순서대로 모두 적어본다.

2. 목표의 우선순위를 고려하면서 현재 느끼는 갈등을 어떻게 해결할 것인지 해결 방법을 적어본다.

3. 자신의 선택에 따른 긍정적인 면과 부정적인 면을 그려본다.

4. 부정적인 면을 어떻게 받아들일 것인지 생각해본다.

5. 이 갈등을 통해서 당신이 배운 것은 무엇인가?

선택의 결과에 책임지기

언젠가 마음속에 일어나는 갈등 때문에 도저히 견딜 수 없다면서 상담을 의뢰해온 여성이 있었다. 그녀의 가장 큰 고민은 부모님의 반대로 사랑하는 사람과 헤어진 것이었다.

"왜 부모님께서 반대하셨나요?"

"조건이 좋지 않아서요. 가정환경이나 직업도 마음에 들지 않아하셨어요."

"그랬군요. 지금 마음이 어떠세요?"

"글쎄요, 헤어졌는데도 그 사람이 많이 보고 싶어요. 제 마음의 갈피를 잡지 못하겠네요."

"힘드시겠네요. 그 사람을 사랑했나요?"

"사랑인지는 모르겠고, 제가 많이 좋아했어요."

"부모님의 반대 이외에 두 사람이 헤어질 만한 이유가 있었나요?"

"없는 것 같은데요."

"그러면 ○○씨는 부모님께서 원하시는 조건의 상대를 찾아본 적이 있었나요?"

"이상하게 조건이 그럴 듯한 사람들은 제가 별로 끌리지 않더라고요. 그냥 답답해요."

"그렇군요. 헤어진 그 사람은 어떤 점이 좋았나요?"

"이야기가 잘 통했어요. 그리고 제가 하고 싶은 것을 그 사람이 하면서 사는 것도 좋았어요."

"부모님의 반대가 없다고 가정하고, 만약에 두 사람이 결혼하게 된다면 어떨 것 같은가요?"

"잘은 모르지만, 괜찮을 것 같은데요."

우리나라에서 결혼은 개인 간의 결합이라는 의미와 가족 간의 결합이라는 의미가 혼재해 있기 때문에 사람들은 결혼 상대를 결정할 때 갈등을 경험하는 경우가 있다. 결혼 상대를 어떤 기준으로 결정할 것인지는 개인의 가치에 달려 있기 때문에 정확한 해답은 존재하지 않는다. 자신이 원하는 상대와 부모님이 만족하는 상대가 일치할 때는 만족스러운 결혼이 가능하겠지만, 그렇지 않을 경우 어떤 선택을 해야 하며 마음의 갈등은 어떻게 해결할 것인가?

부모님의 말씀을 따르자니 사랑하는 사람이 가슴에 남고, 사랑하는 사람을 따르자니 부모님이 반대를 한다. 내가 상담을 통해서 그녀에게 부모님의 말씀을 따르는 것이 자신의 삶에서 얼마나 중요한 가치를 지니는가를 진지하게 생각하게 했다. 사람들이 삶에서 중요한 결정을 내릴 때 부모의 의견을 따르는 것에는 다양한 이유가 존재하는데, 그 근본적인 동기가 어디에서 출발하는가를 명확하게 깨닫는 것이 필요하다. 예를 들면 이하의 질문들을 던져볼 수 있을 것이다.

부모님을 믿고 신뢰하기 때문인가? 그들이 당신보다 더 지혜롭기 때문인가? 부모님의 말을 듣는 것이 곧 효도이기 때문인가? 남자는 새로 만나면 되지만 부모님은 그렇지가 않기 때문인가? 그들의 말씀을 거역하지 않는 착한 사람이 되고 싶기 때문인가? 순종하면 칭찬을 듣기 때문인가? 아니면 단지 나를 낳아 주신 분이기 때문인가?

"대통령 선거에서 누구에게 투표할건가요?"

"○○씨요."

"이유를 물어봐도 될까요?"

"부모님께서 그 사람을 찍으라고 하셨거든요."

그녀는 부모님의 의견을 좋아서 대통령뿐 아니라 결혼 상대자까지 결정하고 있었다. 만약에 부모님께서 돌아가시고 나면 이후 삶에서 발생할 수많은 선택과 결정을 어떻게 할 것인가?

누군가 결혼은 결국 뽑기와 마찬가지라는 말을 한 적이 있다. 중매결혼을 해도 행복하게 사는 사람이 있고, 열렬하게 연애해서 결혼을 해도 파경에 이르는 사람도 있기 때문이다. 중요한 것은 자신의 결정과 선택에 책임을 지는 태도이다. 이는 결국 자신의 삶은 자기 스스로가 전적으로 책임을 지고 간다는 것을 의미한다.

혹시 지금도 어느 쪽도 결정하지 못하고 우물쭈물한다는 생각이 든다면, 당신이 선택하는 것의 결과를 과연 자신이 받아들일 수 있는지, 그리고 기꺼이 결과에 책임을 질 수 있는지를 스스로에게 물어 보자. 그렇게 할 수 있을 때 우리는 선택의 후회로부터 자유로워지고, 삶에서 진정으로 성장할 수 있다.

10장

불만 다이어트

子曰 不患人之不己知요 患不知人也니라

공자가 말했다.
"남이 자기를 알아주지 않는 것을 걱정하지 말고,
자기가 남을 알아보지 못하는 것을 걱정해야 한다."

−논어

불만의 두 가지 얼굴

마음에 불만이 있는 사람은 마치 검은색 깃발을 꽂고 달리는 기차와 같다. 그 기차는 지나가면서 만나는 주변 풍경 모두를 검은색으로 물들인다. 불만이 오랫동안 지속되거나 강도가 강할 때 그것은 우리의 몸과 마음에 지나친 긴장을 일으키고 심할 경우 질병이나 마음의 고통을 유발한다.

　그러나 마음의 다른 특성들처럼 불만 역시 긍정적인 측면과 부정적인 측면을 동시에 가지고 있다. 철학자이자 사회사상가인 존 스튜어트 밀이 "만족한 돼지보다는 불만족한 소크라테스가 낫다"고 했듯이, 불만은 우리에게 무엇인가 변화될 필요가 있다는 것을 알려주는 내비게이션과 같은 역할을 한다. 불만을 통해서 우리는 자신과 외부 환경을 더 나은 방향으로 개선할 수 있기 때문이다.

그렇다면 우리는 불만을 어떻게 바라보고, 다룰 것인가? 대부분의 자기계발서나 명상 책들은 행복은 만족에서 오는 것이라고 말한다. 그러나 현재 자신에게 만족하지 못하고 앞으로 나아가려는 사람들에게 이 메시지는 혼란만 가중시킬 뿐이다. 그렇다면 이 간극을 어떻게 메워야 할까? 앞에서 언급했듯이 불만은 마이너스와 플러스의 힘 두 가지 모두 가지고 있다. 나는 만족과 불만 사이의 경계를 적절히 오고가면서 이들이 주는 힘을 잘만 활용한다면 우리가 추구하는 삶을 누릴 수 있다고 본다.

로또에 당첨되면 행복할까?

자신에 대한 불만 – 남과의 비교는 불만으로 가는 지름길

불만에는 여러 종류가 있다. 외모에 대한 불만, 능력에 대한 불만, 성격에 대한 불만 등……. 특히 요즘같이 외모 지상주의가 판치는 때는 누구나 자신의 외모에 한 번쯤은 스트레스를 받아본 적이 있을 것이다. 자, 그럼 여기서 의문점을 하나 제기해보자. 왜 우리는 자신에 대해 불만을 갖게 되는 것일까? 자, 힌트를 주겠다. 요즘 가장 많이 사용하는 '엄친아'라든지 '엄친딸'이라는 말을 떠올려보자. 어떤 생각이 드는가?

이에 대해 심리학자 페스틴저는 사람들은 다른 사람과 비교하면서 자신을 평가하게 된다는 '사회적인 비교 이론'을 주장했다.[1]

작년 인터넷에서 가수 손담비의 의자 춤에 대한 기사가 자꾸 눈에 띄어서, 그녀의 곡 '미쳤어'의 뮤직비디오를 찾아 본 적이 있다. 여자인 내가 봐도 노래하면서 춤을 추는 그녀의 긴 다리와 몸매는 무척 매혹적이었다. 그 뮤직비디오를 보고 있으니 "나의 키가 10센티미터만 컸으면 좋겠어. 아니 5센티미터라도 컸으면 좋겠어"라는 생각이 떠오르는 것이 느껴졌다. 평소에 지혜명상을 하기 때문에 떠오르는 생각을 즉각 알아차리고 흘려보낼 수 있었지만 아마 그 생각에 계속 빠져 있었으면 나 자신에 대한 불만이 걷잡을 수 없을 만큼 커졌을지도 모른다.

자신을 매력적인 타인과 비교하면 불만에 빠진다는 것을 검증한 연구가 있다. 연구자들은 여성을 대상으로 집단을 둘로 나누어서 한 집단은 날씬하고 매력적인 여성이 나오는 뮤직비디오를 보게 하고, 다른 한 집단은 그런 여성이 나오지 않는 것을 보게 한 후 자신에 대해서 평가를 하게 했다.[2] 연구 결과는 어땠을까? 재미있게도 날씬하고 매력적인 여성을 뮤직비디오에서 본 첫 번째 집단의 여성들이 두 번째 집단의 여성들보다 자신의 몸에 대해서 더 불만을 느끼는 것으로 나타났다.

계속 평가받고 경쟁하는 사회를 살고 있기 때문에 다른 사람과 비교당하는 것은 피할 수 없는 일인지 모른다. 그러나 자기 스스로가 계속 남과 비교하면서 자신을 평가한다면 우리는 불만의 구렁텅이에서 헤어나기 힘들 것이다. 왜냐하면 세상에는 우리보다 똑똑하고, 잘살고, 잘생긴 사람들은 너무나 많기 때문이다.

자신의 불만스러운 모습을 고쳐나가는 것은 바람직한 일이다. 그러나 그 과정에서 다른 사람과 자신을 비교하면서 이상적인 자신의 모습을 그린다면, 이는 도달할 수 없는 목표에 자신을 올려두고 자기 자신을 계속 괴롭히는 것과 같다. 우리의 모습을 있는 그대로 받아들이는 것은 스스로를 사랑한다는 의미다. 그런 건강한 자기애를 바탕으로 우리는 자신을 원하는 방향으로 성장시킬 수 있다.

타인에 대한 불만 – 타인의 욕구를 존중하고 이해하기

다음은 인간관계에서 갈등이 있을 때 생기는 타인에 대한 불만이다. 글래서는 사람들이 추구하는 기본적인 욕구에는 소속과 사랑, 힘, 자유, 즐거움, 그리고 생존에 대한 욕구가 있다고 했다.[3] 그런데 사람들은 이런 욕구들을 서로 다르게 가지고 있다.

생존에 대한 욕구가 강해서 여유 자금은 반드시 저금을 해야 한다고 생각하는 사람은 즐거움의 욕구 때문에 자신이 하고 싶은 일에 돈을 투자하는 배우자를 이해하지 못할 수 있다. 마찬가지로 힘의 욕구가 강해서 일밖에 모르는 사람은 소속과 사랑의 욕구가 강해서 모든 모임에 쫓아다니는 부하직원을 이해하지 못할 수 있는 것이다.

　이렇게 자신의 욕구에만 사로잡혀서 상대방의 욕구를 이해하지 못할 때 다른 사람에 대한 불만이 생긴다. 위의 욕구 중에서 어느 것이 가장 중요하다고 말할 수 있을까? 물론 아니다. 그것은 사람들마다 서로 다르며 절대적인 해답은 존재하지 않는다.

　우리가 하는 말과 행동에 이유가 있듯이 상대방 역시 어떤 이유를 가지고 있다. 다른 사람에게 불만이 생길 때 자신의 욕구에서 한 발짝 떨어져 그 사람이 어떤 이유로 그런 말과 행동을 했는지 다시 한 번 생각해 보는 태도가 필요하다. 나와 마찬가지로 다른 사람도 자신의 욕구에 따라 행동하게 된다는 사실을 받아들이게 되면 상대방을 훨씬 더 너그러운 시각으로 바라볼 수 있다.

　때때로 직장상사나 선배, 혹은 부모가 자신들만의 욕구를 강요하거나 일방적인 지시를 내릴 때가 있다. 그런 경우에 우리는 불만과 함께 마음의 고통까지 느끼게 된다. 아무리 노력해도 서로 간의 욕구를 충족시키면서 문제를 조화롭게 해결하는 것이 쉽지 않기 때문이다.

　우리는 그런 상황일수록 자신의 마음을 잘 다스려야 한다. 그리하려면 평소에 운동을 하듯 마음을 단련시킬 필요가 있다. 그런 단련된 마음을 '심리적인 복원력'이라고 하는데, 그것은 부정적인 감정을 경험해도 곧 회복하는 능력과 스트레스에 잘 적응하는 능력을 말한다.[4] 심리적인 복원력을 가진 사람은 고통스러운 일이 생겨도 쉽게 극복하고 두려워하지 않으며 혼란스러운 마음을 쉽게 평정시킨다.

상황이나 환경에 대한 불만 – 로또에 당첨되면 행복해질까?

요즘처럼 경제적으로 힘든 시기에는 많은 사람들이 로또 당첨을 꿈꾸게 된다. 로또만 당첨되면 더 행복해지고 더 만족스러운 삶을 살 수 있을 거라 생각하는 것이다. 과연 그 생각이 맞을까? 일련의 연구자들은 복권에 당첨된 사람들이 정말 삶에 더 만족하게 되는지에 관심을 가졌다.[5] 그들은 미국에서 복권에 당첨된 사람들과 척추가 마비된 사람들을 대상으로 과거, 현재 그리고 미래에 대한 행복과 일상적인 활동에 대한 만족을 평가했다. 그 결과 복권에 당첨된 사람들은 아무런 일도 일어나지 않은 비교집단의 사람들과 과거, 현재, 미래에 대한 행복도에서 차이가 없는 것으로 나타났다. 오히려 복권에 당첨된 사람들은 비교집단의 사람들보다 일상적인 활동에 대한 만족도가 더 낮은 것으로 나타났다.

연구자들은 이런 결과가 나온 이유를 '복권에 당첨되는 것은 매우 흥분되는 사건'이기 때문에 보통 이런 일이 생기면 일상적인 일들에 더 이상 행복이나 만족을 느끼지 못하게 된다고 보았다. 이것을 '대비 효과'라고 한다.

위의 연구 결과는 삶에 기적과 같은 일이 생기면 행복하고 만족한 삶을 살 수 있으리라는 우리의 생각이 사실은 환상일 수 있다는 것을 보여준다. 우리의 삶은 기적 같은 일이 벌어진다고 해서 갑작스레 행복해지거나 만족스러워지는 것이 아니다. 오히려 삶에서 느끼던 사소한 즐거움들이 시시하고 보잘것없는 것이 되어버릴 수 있다.

그렇다면 지금 우리에게 주어진 삶을 소중하게 가꾸는 것이 만족스러운 삶을 사는 비결일지도 모른다. 자신의 마음에 불만의 틀을 가지고 있는 사람들은 아무리 즐거운 일이 생겨도 이내 불만에 빠져 버린다. 그들은 자신의 내면에 불만의 씨앗을 가지고 있기 때문에 아무리 따뜻한 햇볕을 비추고 충분한 물을 주어도 이내 불만의 꽃을 피우게 된다. 그렇다면 사람들 내면에 자리한 불만의 틀은 어떻게 생기는 것일까?

만족하지 못하는 사람의 함정

주위를 둘러보면 불만이 별로 없는 사람이 있는가 하면 매사에 불만인 사람도 있다. 그런 차이는 어디에서 비롯되는 것일까? 그것은 어린 시절 부모와의 관계에서 형성된 불만의 틀에서 찾아볼 수 있다. 사랑과 칭찬을 거의 하지 않는 엄격한 부모 밑에서 자란 아이들은 스스로를 항상 부족한 사람이라고 생각하게 된다. 그런 아이들은 성장해서 어떤 일을 해도 스스로 만족하지 못하고 늘 부족하게 느낀다.

그래서 인본주의 심리학을 창시한 칼 로저스는 사람들에게는 '무조건적인 긍정적 존중'이 필요하다고 말했다.[6] 이것은 조건과 상관없이 존재 자체로 이해와 사랑을 받는 것을 의미한다. 따라서 부모는 자녀를 시험성적으로 평가하지 않고 다른 아이와 비교하지 않는 것이 필요하다. 자라면서 항상 100점을 맞거나 전교에서 1등을 하는 아이는 거의 없기 때문이다. 설사 그런 아이라고 하더라도 부모가 제대로 칭찬을 해주지 않으면 스스로 부족한 사람이라고 느끼면서 건강한 자기애를 가지기 힘들다.

대부분의 사람들은 일에 실패하거나 상황이 만족스럽지 않을 때 불만을 느낀다. 그러나 그런 일이 생기지 않아도 항상 불만을 느끼며 심지어 객관적으로 일이 성공해도 불만을 느끼는 소수의 사람들까지 있다. 그런 사람을 '완벽주의자'라고 한다.

완벽주의자는 과도한 기준을 가지고 자신을 엄격하게 평가하는 성격적 특성을 말한다. 완벽주의자들은 자기가 하고 있는 일이 항상 완벽해야 한다고 생각한다. 완벽주의가 생산적인 방향으로 나가면 원하는 목표를 달성하게 되고 일처리를 잘하게 되지만 비생산적인 방향으로 나가게 되면 자신의 사소한 실수에도 괴로워하고 어떤 결과에도 만족하지 못하게 된다.

성격은 어린 시절부터 형성되어 자신과 세상을 바라보는 틀을 만든다. 그런 틀이 우리의 삶에 부정적으로 작용한다고 해도 이

제 와서 우리가 부모님이나 선생님을 원망하는 것은 별다른 도움이 되지 않는다. 지금 우리가 할 수 있는 일은 진정한 성찰을 통해 자신의 내면에 존재하는 불만의 틀을 알고 그것을 내려놓는 것이다.

긴장을 풀고 전체를 바라보기

세상에서 가장 불행한 사람은 작은 일이건 큰일이건 간에 조금도 만족할 줄 모르는 사람이다. 사람들이 불만에 사로잡혀 있을 때는 짜증을 느끼고 불평을 하게 된다. 욕구불만이 심해지면 때로는 말이나 행동으로 공격성을 표현하기도 한다.

돌이켜보면 지금까지의 삶이 불만투성이일지 모르겠다. 그러나 우리는 그것을 다스릴 수 있는 마음의 힘을 가지고 있다. 그것을 잘 사용하면 삶을 행복과 만족으로 이끌 수 있다. 지금부터 제시하는 명상법들과 심리적인 방법들은 그 길로 당신을 이끌어줄 것이다.

불만에 빠진 사람은 충족되지 않는 불만에 계속 초점을 두게 된다. 집중명상을 하면서 초점을 두고 있는 자신의 마음을 풀어준다. 명상자세를 한 후 숨이 들어오고 나가는 것을 느끼면서 자신의 몸을 차례로 느껴본다.

몸에서 막히거나 아픈 부분이 없는지를 느껴본다. 먼저 가슴을 느껴보고 난 후 배를 느껴본다. 답답하거나 불편한 부분이 있으면, 들이쉬는 숨을 따라 통증을 있는 그대로 느껴보고 내쉬는 숨을 따라 통증을 풀어준다. 통증을 느낄 때는 그것에 저항하거나 싫어하지 않고 통증을 부드럽게 감싸 안는 마음으로 한다.

계속 들이쉬고 내쉬는 호흡을 따라 부드럽게 통증을 풀어준다. 사람들의 몸에 병이 생기는 원인 중 하나는 에너지가 흐르지 않고 정체되기 때문이다. 미워하고 싫어하는 마음, 저항하고 짜증 내는 마음은 에너지를 흐르지 않게 하고 머무르게 한다. 그런 마음들이 계속 지속되면 에너지가 흐르지 않고 머무르는 곳은 점점 더 단단해진다. 바로 그 부분에 병이 생기는 것이다.

단단해진 부분에 다시 에너지가 흐르게 하는 방법은 자신의 가슴에 존재하는 사랑을 보내는 것이다. 당신 가슴의 사랑을 깨워서 그 곳에 지극한 사랑을 보낸다. 당신의 사랑과 생명력을 온전하게 믿고 맡긴다.

호흡과 함께 어느 정도 통증이 완화되고 나면 이제는 당신의 몸 전체를 느껴본다. 숨을 들이쉬고 내쉬면서 당신의 몸이 커다란 나무가 되었다고 느껴본다. 당신이 숨을 쉬는 큰 나무가 되었다는 상상을 해본다.

바닥에 닿고 있는 당신의 엉덩이와 다리는 나무의 밑둥에 해당한다. 그것들을 통해서 당신은 대지와 연결되어 있다. 당신의 척추, 가슴과 배는 나무의 몸통에 해당한다. 당신은 대지 위에 굳건하게 서서 그 위용을 자랑한다. 당신의 목과 머리 그리고 팔은 나무의 잎사귀에 해당한다. 그것들은 하늘을 향해서 즐겁게 웃고 있다.

당신의 호흡을 통해서 그 나무는 점차 싱싱한 푸름을 빛낸다. 위와 같은 집중 명상법은 불만에 가득 찬 사람뿐 아니라 완벽주의를 추구하는 사람들에게도 효과적인 방법이다.

많은 사람들이 일에 집중하려면 긴장해야 한다고 생각한다. 특히 완벽주의를 추구하는 사람들은 항상 긴장하면서 일을 하는 경향이 있다. 그렇게 하면 교감신경계가 과도하게 흥분하기 때문에 일을 마친 후에는 길항작용을 하는 부교감신경계가 활성화되면서 허탈감이나 공허감이 크게 느껴진다. 그 때 사람들은 술을 마시거나 다른 오락거리를 찾게 되고, 휴식을 취하기 위해서 많은 시간과 에너지를 소비하게 된다.

집중명상법은 몸과 마음을 이완한 상태에서도 자신이 하는 일에 집중하는 힘을 길러준다. 그런 상태로 일을 하면 업무를 마치고 나서도 피로도가 덜하다. 그래서 휴식시간에도 소모적인 방법이 아니라 창조적인 방법으로 에너지를 충전하게 된다.

집중명상법을 통해서 당신의 불만과 긴장을 풀어내고 나면 당신은 알게 된다. 당신은 이미 완벽하며 아름답다. 당신이 부족하다는 것, 그것은 당신이 그것에 초점을 두었기 때문이다. 당신

삶에 일어나는 모든 일들을 저항하지 않고 있는 그대로 받아들이면 당신의 에너지는 자연스럽게 흐른다. 그 때 당신 가슴의 순수한 사랑과 행복은 자연스럽게 피어난다.

마음의 힘을 기르게 하는 지혜명상

몇 년 전만 해도 나는 잦은 목감기 때문에 밤에 잠을 못 이룰 정도로 고생을 하곤 했다. 그러나 지금은 명상을 꾸준히 하기 때문인지 감기에 거의 걸리지 않는다. 감기에 걸리더라도 예전처럼 병원에 가거나 약을 먹지 않아도 저절로 낫는다.

예전에는 감기에 걸리면 감기 자체가 짜증스럽고 싫었는데, 이제는 그렇지 않다. 이유가 있어서 나의 몸에 방문을 했고 때가 되면 떠날 것이라고 생각하면서 마음을 느긋하게 가진다. 명상을 하면서 나의 내면에 먹고 싶은 것을 물어보고, 그 음식을 요리해서 맛있게 먹는다. 그런 후 나의 사랑과 치유력을 믿으면서 푹 쉬어준다. 그러면 어느새 감기는 작별인사도 없이 떠나버리고 없다. 이 이야기를 읽고 난 당신은 '명상을 하면 정말 감기에 잘 걸리지 않게 될까?'라는 의문을 가질지도 모르겠다.

명상이 몸과 건강에 미치는 효과에 관심을 둔 일련의 연구자들은 건강한 직장인을 대상으로 집단을 둘로 나누어, 한 집단은

8주 프로그램으로 구성된 마음챙김 명상을 하게 하고, 다른 한 집단은 명상을 하지 않게 했다.[7] 두 집단 모두 연구를 시작하기 전과 후에 뇌의 전기 활동을 측정했으며, 프로그램을 시작한 지 8주가 지난 후 인플루엔자 백신 주사를 맞게 했다. 연구 결과, 8주가 지난 후 마음챙김 명상을 한 집단은 명상을 하지 않은 집단과 비교해 볼 때 긍정적인 감정과 관련된 영역인 뇌의 왼쪽 전두엽의 활동이 증가했으며, 인플루엔자 백신에 대한 항체도 뚜렷이 증가한 것으로 나타났다.

이 결과에 대해서 연구자들은 지혜명상이 뇌와 면역기능에 변화를 일으키게 된다는 결론을 내리고 있다. 왼쪽 뇌의 전두엽은 부정적이거나 스트레스를 유발하는 사건들이 생길 때 환경에 더 적절한 반응을 하게 하는 곳이다. 명상을 하면 그 부분이 활성화되기 때문에 삶에서 부정적인 일이 일어나도 더 빨리 회복될 수 있게 된다.

나는 집중명상이 스트레스나 마음의 고통들로부터 벗어나서 마음을 고요하게 하는 것이라면, 지혜명상은 그런 것들이 마음에 쌓이지 않게 하는 역할을 한다고 본다. 우리가 스트레스나 마음의 고통들을 알아차려서 제대로 흘려보내지 않으면 그것들은 우리의 마음에 쓰레기처럼 계속 쌓여서 몸과 마음, 그리고 인간관계와 일에 부정적인 영향을 미치게 된다.

불만도 마찬가지다. 당신은 자기 자신과 당신의 삶을 어떻게 바라보고 있는가? 많은 사람들이 멋진 사람이 되고 싶어 하고 만족스러운 삶을 살기 바라지만, 실제로 주로 하는 생각들과 감정들은 부정적인 것들이 대부분이다. 불만스러워하는 당신의 생각과 감정을 알아차려 본다. 불만을 알아차리지 않고 계속 빠져 있으면 당신 마음의 불만은 더욱 커진다.

사람들에게 명상을 가르치다보면, "알아차리는 것이 과연 무슨 도움이 될까요?"라거나 "정말 알아차리다 보면 우리가 마음의 고통으로부터 벗어날 수 있을까요?"라고 묻는 사람도 있다. 그럴 때마다 나는 지혜명상은 마음의 고통으로부터 자유로워지는 가장 탁월한 방법이라고 말해주곤 한다.

예를 들어 회사의 근무환경에 대한 불만이 들면, 그 불만과 관련된 생각들과 감정들이 고구마 줄기처럼 계속 떠오르게 된다. 그러면 처음에는 100점에서 10점 정도였던 불만이 그 생각들과 감정들 때문에 80점이나 90점까지 확장되는 것이다.

떠오르는 불만을 있는 그대로 알아차리면 불만에 반응해서 부풀어지는 생각들과 감정들은 점차 그 힘을 잃는다. 중요한 것은 최초의 불만뿐 아니라 계속 떠오르는 생각들과 감정들 모두를 있는 그대로 알아차리는 것이다.

있는 그대로 자신의 마음에 떠오르는 불만과 거기에 따라오는 생각들과 감정들을 알아차리다 보면, 어느 순간 떠오르는 생각과 생각 사이에 틈이 생기게 된다. 그것은 바로 침묵이 흐르는 무한한 공간의 자리이며 판단과 분별이 모두 사라진 공(空)의 자리다. 그 자리에서 자신의 불만이 어디에서 비롯되는지 통찰할 수 있는 지혜가 피어난다. 그런 통찰을 기반으로 자신이 성장하는 방향으로 긍정성을 선택할 수 있다.

만족한 삶을 위한 출발

불만 중에서 가장 중요한 것은 자기에 대한 불만이다. 자기에게 불만이 있으면 그만큼 다른 사람이나 상황에 대한 불만이 커지기 때문이다. 그렇기 때문에 불만을 해결하는 가장 좋은 방법은 자기 안에서 불만의 원인을 찾아보는 것이다. 내면으로 들어가서 불만의 원인을 치유하면 주변에 있는 모든 것들이 새롭게 보이기 시작한다.

그러면 불만의 원인을 어떻게 치유할 수 있을까? 그렇게 하는 한 가지 방법은 집중명상을 하면서 내면과 대화를 하는 것이다. 명상을 하면서 당신 스스로에게 물어본다. "왜 나는 스스로를 불만스럽게 생각할까?" 그리고 "어떻게 하면 나 자신에게 만족스러워질 수 있을까?"

자기에 대한 불만을 해결하는 방법은 히긴스의 주장에서 찾을 수 있다. 그는 사람들은 자기에 대한 '표상' 세 가지와 두 가지 관점에 따라 자기에 대한 여섯 가지의 표상을 가지게 된다고 했다.[8] 자기에 대한 표상에는 자기에 대해서 실제로 가지고 있는 표상인 '실제자기', 자신에 대해서 희망하거나 기대하는 '이상자기' 그리고 의무나 책임에 대한 표상인 '의무자기'가 있다. 그리고 두 가지 관점에는 당신 자신의 관점과 가족이나 배우자 혹은 친구와 같은 중요한 타인의 관점이 있다.

관점＼자기표상	실 제	이 상	의 무
자신	실제자기	이상자기	의무자기
타인	실제타인	이상타인	의무타인

그는 이것들 간에 서로 '불일치'가 일어나면 다양한 부정적인 감정을 경험하게 된다고 보았다. 예를 들어 실제자기와 이상타인, 즉 실제의 자기모습과 다른 사람이 우리에게 기대하는 모습 간에 불일치가 생기면 우리는 수치심이나 죄책감을 느끼게 된다. 그리고 실제자기와 이상자기 즉 실제의 자기 모습과 이상적인 자기모습 간에 불일치가 생기면 우리는 실망이나 불만족을 느끼게 된다. 이상자기를 그리는 사람들은 마음속에 이상적인 자기모습이 있기 때문에 현재의 자기에게 만족하지 못하며 많은 것을 소유하고 성취해야만 자기가 멋진 사람이라고 생각한다.

여기서는 우리가 자기 자신에게 만족하는 방법이 네 가지가 있다고 본다. 가장 우선적으로는 실제자기를 이상자기와 일치시키기 위해서 노력하는 것이다. 그런데 이렇게 하면 히긴스가 말한 것처럼 실제자기와 이상자기 간의 불일치 때문에 마음의 고통을 받는 것이 문제이다. 다음은 이상자기의 모습을 실제자기와 너무 차이 나지 않게 세우는 것이다. 그러나 차이를 얼마만큼 두는가 하는 경계가 애매모호하기 때문에 첫 번째 과정과 마찬가지로 마음의 고통을 겪기 쉽다.

나머지 방법들은 이상자기를 그리지만 고통을 받지 않고 실제자기에 만족하면서 살아가는 것과 이상자기 따위는 그리지 않고 매 순간 실제자기에 만족하면서 살아가는 것이다. 세 번째 방법과 마지막 방법의 중요한 점은 실제자기에 만족하는 점에 있는데, 그것은 자신의 존재를 있는 그대로 수용하면서 자기의 성장과 발전을 추구하는 것을 의미한다. 그러기 위해서는 앞에서 말한 심리적인 복원력과 건강한 자기애가 필요하다.

 자기로부터 불만의 원인을 발견하는 방법 ··············

1. 불만은 당신에게 자신을 성찰하라고 알려주는 신호다. 그 신호를 어떻게 받아들이겠는가? 다른 사람이나 환경이 불만스러울 때 무엇이 그런 불만을 만들어내는지 살펴본다. 무엇 때문에 불만스러운가?

2. 불만을 구체적으로 파악해본다. 불만은 바다로부터 나온 강이다. 어느 바다에서 불만이 흘러나왔는가? 부족함인가? 불편함인가? 부당함

인가? 그 바다를 알게 되면 불만이라는 강을 둑으로 막을 수 있다.

3. 완벽주의를 가진 사람이라면 생산적인 완벽주의를 실천하는 힘을 길러본다. 비생산적인 완벽주의를 가진 사람은 외부의 기준에 자신을 맞추려고 하지만 생산적인 완벽주의를 가진 사람들은 내적인 기준에 따라 행동하고, 다른 사람의 평가에 연연해하지 않는다. 일을 할 때 어떤 내적인 기준에 따라할 것인지 종이를 꺼내어서 적어본다.

4. 히긴스의 이론에 따라 자기의 표상 여섯 가지를 쓴 후 각각 불일치의 정도를 평가해본다. 그것에 따른 당신의 감정은 어떠한가? 각각을 만족으로 변화시키기 위해서 당신이 할 수 있는 일은 무엇인가?

감사, 불만스러운 나를 위한 처방

언젠가 지인의 부탁으로 중년 여성을 상담한 적이 있다. 그녀는 자상한 남편과 어여쁜 딸들이 있고 경제적인 유복함까지 갖추어서 남부러울 것이 없는 것처럼 보였다. 타고난 미인인데다가 세상 사람들이 부러워하는 조건들을 갖춘 탓인지 그녀의 얼굴에는 자만심이 가득했다.

이야기를 들어보니 자기가 세상 누구보다 뛰어나다고 생각하고 있었으며 세상이 자기가 원하는 대로 돌아가야 한다고 생각하는 '자기중심성'이 강해 보였다. 그녀는 가족뿐 아니라 주변에 있는 사람들 모두가 자기가 원하는 대로 행동해야 한다는 기준을 가지고 있어서 그것에 조금이라도 어긋나면 상대방에게 불평을 하고 짜증을 내기 일쑤였다.

"복이 많으시네요. 부럽습니다."

"이 정도 사는 것은 기본 아닌가요? 그렇게 살지 못하는 사람들이 잘못된 거지요."

"현재의 삶에 참 만족하실 것 같아요."

"만족할 것이 뭐가 있어요?"

"지금까지 살아오면서 ○○씨가 누리는 삶에 대해서 감사해 보신 적은 있으신가요?"

"감사할 일이 뭐가 있어요? 우리 남편은 운동을 잘 하지 않아요. 그래서 감기를 달고 사는데 보기 싫어 죽겠어요. 그리고 애들은 그만큼 돈을 들이는데도 왜 그렇게 성적이 오락가락하는지 모르겠어요."

말을 하는 그녀의 얼굴은 불만으로 가득했다. 그녀는 어두운 짜증과 불평이 자신의 아름다움을 점차 퇴색시키고 있다는 것을 알지 못하는 것 같았다.

감사하는 마음은 불만을 바람처럼 사라지게 하는 묘약이다. 감사가 심리적인, 신체적인 건강에 긍정적인 영향을 준다는 연구가 있다. 에몬스와 맥클로우는 대학생을 대상으로 감사 집단, 괴로움 집단, 그리고 중성적인 집단 셋으로 나누어서 10주 동안 매

주 보고서를 쓰게 했다.[9]

감사 집단은 자신의 삶에서 감사하는 것들에 대해서, 괴로움 집단은 자신의 삶에서 괴롭거나 걱정되는 것들에 대해서, 그리고 중성적인 집단은 지난주에 자신의 삶에 영향을 준 사건 다섯 가지를 적게 했다. 그런 후 기분, 신체적인 증후, 운동하는 데 보낸 시간, 그리고 전반적인 삶에 대한 평가를 하게 했다.

연구 결과 감사 집단은 괴로움 집단과 중성적인 집단보다 신체적인 증후를 덜 느끼며 운동하는 데 더 많은 시간을 보낸 것으로 나타났다. 그리고 자신의 삶을 더 완전하다고 느끼며 삶의 경험에 대해서 더 낙관적인 것으로 나타났다.

나의 공부방은 북쪽을 향하고 있다. 예전에 나의 꿈 중 하나는 밝은 햇살이 들며, 고개를 돌리면 나무와 꽃들이 보이는 공부방에서 책을 읽거나 글을 쓰는 것이었다. 그러나 언제부터인가 그런 마음이 사라져 버렸다. 지금은 책장에 책들이 빼곡히 차 있는 아담한 나의 공부방을 사랑한다. 나에게 글을 쓸 수 있는 혼자만의 공간이 있다는 것이 얼마나 감사한 일인가.

오후에 햇볕을 가득 받으며 길을 걸을 때, 내가 끓인 된장찌개를 먹을 때, 주변 모든 것들이 사라진 느낌이 들 정도로 작업에 열중할 때, 창문을 모두 열어 두고 청소를 할 때, 나는 그저 행복하다. 그럴 때마다 나는 삶과 우주에게 감사의 엽서를 보낸다. 지금 이대로 나는 온전히 행복하다.

감사하는 법 ··

1. 자신의 몸에게 감사하는 글을 써본다. 세상의 아름다움을 바라볼 수 있게 해주는 눈, 커피 향을 맡게 해주는 코, 사랑하는 사람의 목소리를 듣게 해주는 귀, 손과 발 등에게 얼마나 수고하고 있는지 감사의 글을 써본다.

2. 가족들에게 감사하는 글을 써본다.

3. 음식을 먹기 전에 그 음식을 생산하느라 수고한 모든 사람들에게 감사한 후 먹는다.

4. 거리를 거닐면서 태양, 바람, 하늘, 대지, 나무, 꽃 등 자연에게 감사하는 마음을 느껴본다.

실패와 고난의 미덕

저는 대학을 졸업하고 나서 7년 동안 엄청난 실패를 겪었습니다. 결혼에 곧바로 실패했고, 실업자면서 싱글맘인데다가 더 이상 가난하기 힘들 정도였지요. 누가 봐도 저는 실패한 사람이었습니다. 그 시기에 저는 정말 힘들었고, 그 긴 터널이 언제 끝날지 알 수 없었습니다. 그럼 제가 왜 실패의 미덕에 대해서 말하려고 하는 걸까요. 그것은 실패가 제 삶에서 불필요한 것들을 제거해줬기 때문입니다.

저는 스스로를 기만하는 것을 그만두고, 제 모든 에너지를 가장 중요한 일에 쏟기 시작했습니다. 제가 가장 두려워하던 실패가 현실이 되어 버렸기 때문에 오히려 저는 자유로워질 수 있었습니다. 실패했지만 저는 살아 있었고, 사랑하는 딸이 있었고, 낡은 타이프라이터와 엄청난 아이디어가 있었지요. 가장 밑바닥이 제가 인생을 새로 세울 수 있는 단단한 기반이 되어 준 것입니다.[10]

위의 연설은 '해리 포터' 시리즈를 쓴 작가 조앤 롤링이 2008년 하버드 대학 졸업식에서 한 것이다. 나는 해리 포터 시리즈가 전 세계적으로 얼마나 많이 팔렸고, 얼마나 많은 돈을 벌었는가 하는 것보다 그녀가 어떻게 가난과 고난을 헤쳐 나왔고 절망의 밑바닥에서 자신을 추스르며 비상했는지에 더 관심이 간다.

우리에게는 불행할 수밖에 없는 많은 이유가 있다. 우리는 돈도 부족하고, 몸도 아프고, 연봉도 적고, 아니면 직장이 없을 수 있다. 이와 동시에 우리에게는 살아가야 할 그리고 행복할 수 있는 많은 이유들도 있다.

자, 지금 당신 앞에는 두 가지 문이 있다. 하나는 불만의 문이고 다른 하나는 행복의 문이다. 어느 문을 여는가는 전적으로 당신의 선택에 달려 있다. 어느 문을 열겠는가? 그 문 앞에 서 있는 당신에게 무한한 사랑과 축복을 보낸다.

행복한 사람이 된다는 것

어린 시절 나는 괜찮은 어른을 만나고 싶었다. 학교에 다니면서부터는 괜찮은 선생님과 교수님을 만나고 싶었고, 언제부턴가는 괜찮은 종교인을 만나고 싶었다.

그러던 어느 날 나는 그런 사람을 기다릴 것이 아니라 내가 그런 사람이 되기로 했다. 그러나 결심한다고 해서 벼락을 맞은 것처럼 뇌구조가 달라져서 내가 다른 사람이 되는 것은 아니었다.

예전에는 갖은 포장으로 나를 예쁘게 꾸며서 바라보았지만, 포장지가 하나씩 벗겨지니 부끄러운 모습이 드러났다. 아직도 나는 포장지를 계속 벗겨가는 중이다. 이 책에는 그 과정에서 내가 경험한 아픔과 고통들이 고스란히 담겨 있다.

계속 그 의미가 변하고 있지만, 현재 내가 생각하는 괜찮은 사람은 다음과 같은 사람이다.

순수하고, 가슴에 사랑과 자비가 가득하고, 마음의 고통이라는 우편함을 매 순간 비우며, 우주의 풍요를 마음껏 누리며, 신선한 생명력으로 가득 차서 몸이 건강하게 빛나며, 존재 자체로 주변 사람들에게 사랑과 행복을 선사하며, 자신의 소중한 에너지를 성장과 발전을 위해서 사용하는 사람.

초고를 쓸 때는 많이 괴로웠다. 머리도 잘 돌아가지 않았고, 책이나 논문을 읽는 것도 괴로웠다. 초고를 쓴 후 계속 괴로워하는 나 자신에게 물어보았다. 왜 괴로워하는지를. 가만히 돌이켜보니, 괴로움은 관념이 만들어내는 습관에 불과했다. 그것을 알고 난 후 나는 과감하게 글 쓰는 것을 좋아하기로 했다.

부글거리는 괴로움을 뚫고 안으로 들어갔더니 놀랍게도 달콤한 즐거움이 기다리고 있었다. 여러 사람들이 행복해지려면 자신이 좋아하는 일을 하라고 한다. 이 책을 쓰면서 나는 배웠다. 거꾸로 지금 하고 있는 일을 좋아하면 행복해진다는 것을.

그 다음부터 글을 쓰는 내내 즐겁고 행복했다. 오랜만에 심리학 논문을 읽는 재미도 쏠쏠했고, 심리학과 명상의 세계를 연결하는 것도 흥미진진했고, 내가 수행했던 여러 명상법들을 풀어놓을 수 있어서 기뻤다. 때로는 나의 온 존재가 던져지는 느낌이 들었고, 근원은 알 수 없지만 글을 쓰다가 죽어도 좋다는 생각이 들기도 했다.

원고를 쓰는 내내 든든한 조언을 해준 빨간펜 선생님 강선영 편집자님과 21세기북스 가족 여러분께 진심으로 감사를 드린다. 그리고 가슴이 뜨거운 우리 가족, 부모님과 미정 언니, 혜정 언니, 그리고 귀여운 동생 윤정에게 사랑과 감사를 보낸다.

참고문헌

1장 **걱정 다이어트**

1. 어니 젤린스키.(2008). 느리게 사는 즐거움. 서수현 옮김. 새론북스.

2. Bandura, A.(1976). Social learning theory. Prentice Hall.

3. Bowlby, J.(1983). Attachment : Second edition (Attachment and loss series, Vol 1). Basic books.

4. Dugas, K. J., Gosselin, P., & Ladouceur, R.(2001). Intolerance of uncertainty and worry : Investigating specificity in a nonclinical sample. Cognitive Therapy and Research, 25(5), 551-558.

5. Sternberg, R. J, & Lubart, T. I.(1991). An investment theory of creativity and its development. Human Development, 34, 1-31.

6. Davey, G. C. L., Tallis, F., & Capuzzo, N.(1996). Beliefs about the consequences of worrying. Cognitive Therapy and Research, 20(5), 499-520.

7. 한겨레 21.(2004). 508호. 직원들의 스트레스를 관리하라.

8. Carlson, L. E., Ursuliak, Z., Goodey, E., Angen, M., & Speca, M.(2001). The effect of a mindfulness meditation-based stress reduction program on mood and symptoms of stress in cancer outpatients : 6-month follow-up. Support Care Cancer, 9, 112-123.

9. Wegner, D. M.(1992). You can't always think what you want : problems in the suppression of unwanted thoughts. Advances in Experimental social psychology, 25, 193-225.

10. 존 하린차란.(2007). 행복한 멈춤. 유리타 옮김. 살림.

11. 론다 번.(2007). 시크릿. 김우열 옮김. 살림BIZ.

12. 이 자료를 제공해 준 제자 류수지에게 감사한다.

13. Katz, L., & Epstein, S.(1991). Constructive thinking and coping with laboratory-induced stress. Journal of Personality and Social Psychology, 61(5), 789-800.

2장 '부정적인 나' 다이어트

1. James, W.(1989). Principles of psychology. New York : Henry Holt.

2. Swann, W. B. Jr., Hixon, J. G., & Ronde, C.(1992). Embracing the bitter "truth" : negative self-concept and marital commitment. Psychological Science, 3(2), 118-121.

3. Baumeister, R. F.(1991). Self-concept and identity, in N. J. Derlega, B. A. Winstread, & W. H. Jones(Eds.). Personality Contemporary Theory and Research. Chicago: Nelson-Hall.

4. Paulhus, D. L.(1988). Interpersonal and intrapsychic adaptiveness of trait self-enhancement : A mixed blessing? Journal of Personality and Social Psychology, 74(5), 1197-1208.

5. Baumeister, R. F., Campbell, J. D., Krueger, J. I. & Vohs, K. D.(2003). Does high self-esteem cause better performance, interpersonal success, happiness, or healthier lifestyles? Psychological Science in the Public Interest, 4(1), 1-44.

6. Cahn, B. R., & Polich, J.(2006). Meditation states and traits : EEG, ERP, and neuroimaging studies. Psychological Bulletin, 132(2), 180-211.

7. Levy, B.(1996). Improving memory in old age through implicit self-stereotyping. Journal of Personality and Social Psychology, 71(6), 1092-1107.

8. Emavardhana, T., & Tori, C. D.(1997). Changes in self-concept, ego defense mechanisms, and religiosity following seven-day Vipassana meditation retreats. Journal for the Scientific Study of Religion, 36(2), 194-206.

9. 윤기운.(2007). 운동 수행 향상을 위한 혼잣말 전략개발. 한국 스포츠 심리학회, 18(2), 75-91.

10. 에밀 꾸에.(2008). 자기암시 : 인생을 변화시키는 긍정적 상상. 최준서, 김수빈 옮김. 하

늘아래.

11. 신동아.(2003). 523호. 도발이 아니다. 올바르게 살고자 할 뿐.

3장 고정관념 다이어트

1. Rogers, M., & Glendon, A. I.(2003). Blood type and personality. Personality and Individual Differences, 34(7), 1099-1112.

2. Fiske, S. T., & Taylor, S. E.(1991). Social cognition (2nd ed.). New York : McGraw-Hill.

3. Macrae, C. N., Milne, A. B., & Bodenhausen, G. V. (1994). Stereotypes as energy-saving devices : A peek inside the cognitive toolbox. Journal of Personality and Social Psychology, 66(1), 37-47.

4. Hall, J. A., & Carter, J. D.(1999). Gender-stereotype accuracy as an individual difference. Journal of Personality and Social Psychology, 77(2), 350-359.

5. Bodenhausen, G. V.(1988). Stereotypic biases in social decision making and memory : testing process model of stereotype use. Journal of Personality and Social Psychology, 55(5), 726-737.

6. Suhr, J., & Nemitz, J.(February, 2006). Diagnosis threat and neuropsychological performance in pregnancy. Annual meeting of the international Neuropsychological Society, Boston, MA.

7. Jain, S., Shapiro, S. L., Swanick, S., Roesch, S. C., Mills, P. J., Bell, I., & Schwartz, G. E.(2007). A randomized controlled trial of mindfulness meditation versus relaxation training : effects on distress, positive states of mind, rumination, and distraction. Annals of Behavioral Medicine, 33(1), 11-21.

8. 조선일보.(2008). 3월 26일. 노랑머리 외계인 노홍철을 해부하다.

9. 중앙일보.(2008). 8월 24일. 잘 노는 사람이 취직도 잘 된다.

10. Grawitch, M. J., Munz, D. C., & Kramer, T. J.(2003). Effects of member mood states on creative performance in temporary workgroups. Group Dynamics : Theory,

Research, and Practice, 7(1), 41-54.

11. Guilford, J. P.(1967). Intellectual aspects of decision making. In A. T. Welford., & J. E. Birren.(Eds,). Decision Making & Age. (pp. 82-102). Ayer Publishing.

12. Rosenthal, R., & Jacobson, L.(1992). Pygmalion in the classroom. New York: Irvington.

4장 분노 다이어트

1. 한겨레신문.(2008). 10월 13일. 직장인 5명 중 4명 직장생활로 화병 앓아.

2. Berkowiz, L.(1993). Aggression : Its causes, consequences, and control. NY : Academic Press.

3. Berkowiz, L.(1993). Pain and aggression : some findings and implications. Motivation and Emotion, 17(3), 277-293.

4. Novaco, R. W.(1994). Anger as a risk factor for violence among the mentally disordered. In J. Monahan & H. J. Steadman (Eds.), Violence and mental disorder. (pp. 21-59). Chicago : The University of Chicago Press.

5. Izard C. E.(1991). The psychology of emotions. New York : Plenum Press.

6. Tafrate, R. C., Kassinove, H., Dundin, L.(2002). Anger episodes in high and low trait anger community adults. Journal of Clinical Psychology, 58(12), 1573-1590.

7. Eng, P. M., Fitzmaurice, G., Kubzansky, L. D., Rimm, E. B., & Kawachi, I.(2003). Anger expression and risk of stroke and coronary heart disease among male health professionals. Psychosomatic Medicine, 65, 100-110.

8. Carson, J. W., Keefe, F. J., Lynch, T. R., Carson, K. M., Goli, V., Fras, A. M., & Thorp, S. R.(2005). Loving-kindness meditation for chronic low back pain : results from a pilot trial. Journal of Holistic Nursing, 23(3), 287-304.

9. Wilson, T. D., & Brekke, N.(1994). Mental contamination and mental correction : Unwanted influences on judgments and evaluations, Psychological Bulletin, 116, 117-142.

10. 알버트 엘리스.(1995). 화가 날 때 읽는 책. 홍경자, 김선남 옮김. 학지사.

11. 마셜 로젠버그. (2004). 비폭력 대화. 캐서린 한 옮김. 바오출판사.

5장 불안 다이어트

1. Freud, S.(1920). Beyond the pleasure principle. In J. Strachey(Eds.), The standard edition of the complete psychological works of Sigmund Freud. Vol. 18(pp. 7-64). London : Hogarth Press.

2. 한바다, 이은정.(2006). 행복. 월드북.

3. Hayes, S. C., Strosahl, D. K., & Wilson, G. K.(1999). Acceptance and commitment therapy. New York : Guilford Press.

4. Kabat-Zinn, J., Massion, A. O., Kristeller, Peterson, L. G., Fletcher, K. E., Pbert, L., Lenderking, W. R., & Santorelli, S. F.(1992). Effectiveness of a meditation-based stress reduction program in the treatment of anxiety disorders. American Journal of Psychiatry, 149, 936-943.

5. Jacobson, E.(1938). Progressive muscle relaxation. Chicago University Publication.

6. Pennebaker, J. W.(1997). Writing about emotional experiences as a therapeutic process. Psychological Science, 8, 162-166.

7. 메디컬 투데이.(2008). 7월 19일. 자기계발 '압박' 한국인, 강박증 되다?

8. Beck, A. T.(1976). Cognitive therapy in the emotional disorders. New York : International University Press.

6장 우울 다이어트

1. Freud, S.(1959). Fragment of an analysis of a case of hysteria. Sigmund Freud : Collected papers, Vol. 3(9). New York : Basic books.

2. Lewinsohn, P. M., & Talkington, J.(1979). Studies on the measurement of unpleasant events and relations with depression. Applied Psychological Measurement, 3(1), 83-101.

3. Beck, A. T.(1976). Cognitive therapy in the emotional disorders. New York : International Universities Press.

4. Seligman, M. E. F.(1975). Helplessness : On depression, development, and death. San Francisco : W. H. Freeman.

5. Schreiner, I,, & Malcolm, J. P.(2008). The benefits of mindfulness meditation : changes in emotional states of depression, anxiety, and stress. Behaviour Change, 25(3), 156-168.

6. Segal, Z. V., Williams, J. M. G., & Teasdale, J. D.(2002). Mindfulness-based cognitive therapy for depression : A new approach to preventing relapse. Guilford Press.

7. Frankl, V. E.(1969). The will to meaning : Foundations and applications of logotherapy. World Publishing Co.

8. Linville, P. W.(1985). Self-complexity and affectivity : don't put all eggs in one cognitive basket. Social Cognition, 3, 94-120.

9. Linvill, P. W.(1987). Self-complexity as a cognitive buffer against stress-related illness and depression. Journal of Personality and Social Psychology, 52(4), 663-676.

10. Woodfolk, R. K., Bovalany, J., Gara, M. A., Allen, L. A., & Polino, M.(1995). Self-complexity, self-evaluation, and depression : an examination of form and content within the self-schema. Journal of Personality and Social Psychology, 68(6), 1108-1120.

7장 질투 다이어트

1. 김부식.(1998). 삼국사기. 이강래 옮김. 한길사.

2. Bers, S. A., & Rodin, J.(1984). Social-comparison jealousy : a development and motivational study. Journal of Personality and Social Psychology, 47(4), 766-779.

3. Adler, A.(1956). The individual psychology of Alfred Adler. New York : Basic Books.

4. Tesser, A.(1988). Toward a self-evaluation maintenance model of social behavior.

Advances in experimental social psychology, 21, 181-227.

5. 이 개념을 알려준 후배 박준화에게 감사한다.

6. Smith, R. H., Turner, T. J., Garonzik, R., Leach, C. W., Urch-Druskat, V., & Weston, C. M.(1996). Envy and schadenfreude. Perosonality and Social Psychology Bulletin, 22(2), 158-168.

7. Van Dijik, W. W., Ouwerkerk, J. W., Goslinga, S., Nieweg, M., & Galluci, M.(2006). When people fall from grace : Reconsidering the role of envy in schadenfreude. Emotion, 6(1), 156-160.

8. Wallace, B. A., & Shapiro, S. L.(2006). Mental balance and well-being : building bridges between buddhism and western psychology. American Psychologist, 61(7), 690-701.

9. Dimidjian, S., & Linehan, M. (2003). Defining an agenda for future research on the clinical application of mindfulness practice. Clinical Psychology : Science and Practice, 10(2), 166-171.

10. Bers, S., & Rodin, J.(1984). Social-comparison jealousy : A developmental and motivational study. Journal of Personality and Social Psychology, 47, 766-779.

11. 머니 투데이.(2008). 7월 4일. 반기문의 성공비결 "미쳐라, 겸손해라".

8장 욕망 다이어트

1. 한겨레21.(2006). 11월 23일. 606호. 밑 빠진 독에 새집 붓기.

2. 문화일보.(2008). 8월 12일. 1000대 기업 중 '60년 장수' 50개뿐.

3. Ryan, R. M., & Deci, E. L.(2000). Self-determination theory and the facilitation of intrinsic motivation, social development and well-being. American Psychologist, 55, 68-78.

4. 도스토예프스키.(2000). 노름꾼. 이재필 옮김. 열린책들.

5. 한바다.(1998). 돼지우리에 무지개 비치고. 금비문화.

6. Kristeller, J. L., & Hallett, B.(1999). An exploratory study of a meditation-based

intervention for binge eating disorder. Journal of Health Psychology, 4(3), 357-363.

7. 이나모리 가즈오.(2005). 카르마 경영. 김형철 옮김. 서돌.

8. 조선일보.(2008). 11월 8일. 학벌과 영어 때문에 물 먹는 평범한 젊은이들 심정 잘 알죠.

9. Bandura, A.(1991). Social cognitive theory of self-regulation. Organizational Behavior and Human Decision Processes, 50, 248-287.

10. Brown, K. W., & Ryan, R. M.(2003). The benefits of being present : mindfulness and its role in psychological well-being. Journal of Personality and Social Psychology, 84(4), 822-848.

9장 갈등 다이어트

1. Emmons, R. A., & King, L. A.(1988). Conflict among personal strivings : Immediate and long-term implications for psychological and physical well-being. Journal of Personality and Social Psychology, 54(6), 1040-1048.

2. DeMarree, K. G., Petty, R. E., & Briñol, P.(2007). Self-certainty : parallels to attitude certainty. International Journal of Psychology and Psychological Therapy, 7(2), 159-1888.

3. Frone, M. R.(2000). Work-family conflict and employee psychiatric disorders : the national comorbidity survey. Journal of applied Psychology, 85(6), 888-895.

4. Anderson, S. E., Coffey, B. S., & Byerly, R. T.(2002). Formal organizational initiatives and informal workplaces : links to work-family conflict and job-related outcomes. Journal of Management, 28(6), 787-810.

5. O'Conner, K. M., De Dreu, C. K. W., Schroyh, H., Barry, B., Lituchy, T. R., & Bazerman, M. H.(2002). What we want to do versus what we think we should do : an empirical investigation of intrapersonal conflict. Journal of Bahavioral Decision Making, 15(5), 403-418.

6. McCrae, R. R., & Costa, P. T., Jr.(1992). Four ways five factors are basic. Personality and Individual Differences, 13, 653-665.

7. Wayne, J. H., Musisca, N., Fleeson, W.(2004). Considering the role of personality in the work-family experience : relationships of the big five to work-family conflict and facilitation. Journal of Vocational Behavior, 64, 108-130.

8. Roesch, S. C., Wee, C., & Vaughn, A. A.(2006). Relations between the big five personality traits and dispositional coping in Korean Americans : acculturation as a moderating factor. International Journal of Psychology, 41(2), 85-96.

9. 엘프리다 뮐러-카인츠와 크리스티네 죄닝.(2003). 직관의 힘. 강희진 옮김. 시아출판사.

10. Tang, Y-Y., Ma, Y., Wang, J., Fan, Y., Feng, S., Lu, Q., Yu Q., Sui, D., Rothbart, M. K., Fan, M., & Posner, M. I.(2007). Short-term meditation training improves attention and self-regulation. Proceedings of the National Academy of Sciences, 104(43), 17152-17156.

11. Lewin, K.(1935). A dynamic theory of personality : selected papers. translated by Donald K. Adams and Karl E. Zener. New York : McGraw-Hill

10장 불만 다이어트

1. Festinger, L.(1954). A theory of social comparison processes. Human Relations, 7(2), 117-140.

2. Tiggemann, M., & Slater, A.(2004). Thin ideals in music television : a source of social comparison and body dissatisfaction. International Journal of Eating Disorder, 35(1), 48-58.

3. Glasser, W.(2001). Counseling with choice therapy. Harper Paperbacks.

4. Tugade, M. M. & Fredrickson, B. L.(2004). Resilient individuals use positive emotions to bounce back from negative emotional experiences. Journal of Personality and Social Psychology, 86(2), 320-333.

5. Brickman, P., Coates, D., & Janoff-Bulman, R.(1978). Lottery winners and accident victims : is happiness relative? Journal of Personality and Social Psychology, 36(8), 917-927.

6. Rogers, C. R.(1961). On becoming a person : a therapist view of psychotherapy. Boston : Houghton Mifflin.

7. Davidson, R. J., Kabat-Zinn, J., Schumacher, J., Rosenkranz, M., Muller, D., Santorelli, S. F., Urbanowski, F., Harrington, A., Bonus, K., & Sheridan, J. F.(2003). Alterations in brain and immune function produced by mindfulness meditation. Psychosomatic Medicine, 65, 564-570.

8. Higgins, E. T.(1987). Self-discrepancy : A theory relating self and affect. Psychological Review, 94(3), 319-340.

9. Emmons, R. A., & McCullough, M. E.(2003). Counting blessings versus burdens : an experimental investigation of gratitude and subjective well-being in daily life. Journal of Personality and Social Psychology, 84(2), 377-389.

10. 이 자료를 제공해 주신 유리타 선생님께 감사드린다.

KI신서 1730

마음 다이어트

1판 1쇄 발행 2009년 4월 10일
1판 2쇄 발행 2009년 6월 10일

지은이 이은정 **펴낸이** 김영곤 **펴낸곳** (주)북이십일 21세기북스
기획 · 편집 강선영 **전략사업상무** 이양종
마케팅 · 영업 주명석 이경희 이종률 허성원 김보미 민안기
출판등록 2000년 5월 6일 제10-1965호
주소 (우413-756) 경기도 파주시 교하읍 문발리 파주출판단지 518-3
대표전화 031-955-2100 **팩스** 031-955-2151 **이메일** book21@book21.co.kr
홈페이지 www.book21.com **커뮤니티** cafe.naver.com/21cbook

© 이은정, 2009

값 10,000원
ISBN 978-89-509-1789-0 03800